JN057553

異世界転生したら辺境伯令嬢だった

Isekaitensei shitara henkyouhakureijou datta

～推しと共に生きる辺境生活～

凪 Nagi

Illust. ののまろ

TOブックス

CONTENTS

Illustration ▶ ののまろ　Design ▶ AFTERGLOW

若葉の章

プロローグ　～父親が推しの声そっくりのイケメンで声フェチの元オタ女はファザコンになった～

──熱い　痛い　苦しい　熱い　助けて──

体のあちこちが軋むように痛い……っ!!　そして熱い!!

だれ……か、誰か、私を氷入りの水風呂に入れて……。

さっきから寺で聞くお経に似た、いや呪文のような言葉が耳と頭に響く。そして、お香みたいな香りに包まれている。

ひやり、額に冷たい濡れた布が置かれた気がする。そっと重い瞼《まぶた》を開ける。

「ティアッ……!!　可哀想に……出来る事なら代わってやりたい！」

──声、この声は、知っている……推しの声……いや、推しの声だけど父親の……声だわ。

ああ──、思い……出した。

私は元日本人で、目の前の赤い髪の精悍な顔立ちの超絶イケメンは父親で辺境伯。

つまりわりと上位の貴族の子に異世界転生したんだ。

ラノベやゲームや漫画でよく見た中世風の剣と魔法の世界に。

今は四歳の子供のセレスティアナである私の記憶に、日本人だった頃の記憶が合わさっている。

前世は享年二四歳でした。

洋裁関係の仕事の合間に趣味の同人ゲーム作りに夢中になってた。

そう、同人イベントでファンタジー系シナリオノベルズ系のゲーム（いわゆる紙芝居ゲーム。シナリオに少しの選択肢にイラストが付いたもの）作って、完売！

完売が嬉しくて打ち上げでお酒飲んでお肉食べて自室に戻って寝て、そのまま死んだっぽい。

睡眠不足で不摂生《ふせっせい》の極みでした。

あまりにも愚かな死に様。

前世の両親ごめんなさい。

そしてゲーム作りに協力して素敵な主題歌まで作ってくれたお姉ちゃん、ごめんなさい――……

さらに今、記憶戻った途端に高熱で死にかけている――

「神父よ！　すると娘は病気ではなく、私がかつて倒した邪竜の呪いが今になって発動したせいで、死にかけていると言うのか⁉」

「左様でございます。呪詛の解析によれば、セレスティアナ様が四歳の四の月に発動するように、死の間際に邪竜が呪いを組んでいたのでしょう」

つまり今は春なんだ、そういえば窓の外は夜みたい。

燭台は点いてるようだけど、ＬＥＤライトのあった日本の自室と比べるとだいぶ暗いし、窓の外からゴロゴロという音が響き、稲光がたまに閃光のように光り。

暗雲立ち込める石造りのお城の中の天蓋《てんがい》付きベッドで、私は死にかけている。

「邪竜をお倒しになられたご両親の呪いへの抵抗力が強いので、いずれ産まれるであろう可愛いお子の命、その身に時限発動系の呪いを」

「何という事だ！　王命で邪竜討伐した私の代わりに、娘が呪いを受けて死にそうになるなど……っ!!」

お父様が身を震わせて、悲痛な顔をしている。

つまり、私のお父様はドラゴンスレイヤーだわ、ジークムンドお父様凄い！

「神父よ！　助ける方法は無いのか!?　神への祈りは届かないのか!?」

「解呪と治癒の祈りはもちろんかけておりますが、あと一手、足りません」

「言ってくれ！　何が足りない!?」

「光の女神の洞窟、ダンジョン最奥にあるというエリクサーなら、あるいは……。しかし、高難易度のダンジョンで危険な上、確実にそれで助かるとも言えず」

「万が一にもそれで助かる可能性があるのなら！　私が取りに行ってくる！」

「なりません、あなた様はこのライリーの領主です。その身を危険に晒すのは、何かあったら……」

バタン！　勢いよく、扉を開けて長い青銀の髪色の美女が入ってくる。

お母様だ。

いつもは上品な方だから、こんな不作法に大きな音を立てて部屋に入る事は絶対にない。

深い青のドレスの裾を掴み、切迫した様子で足早に近寄って来る。

先日から私の看病をしてくれていて、自室で仮眠をとっていたはずだった。

「シルヴィア！　すまないが七日ほどここを頼む！　このライリーの城を守る結界石の魔力の残量

にはまだ余裕がある。ティアを助ける為にエリクサーを取りに行く！」

お父様が凄い勢いで捲《まく》し立てた。

「任されました。準備は怠《おこた》らず、無事のお帰りを」

凛《りん》とした声で応えた。

アイスブルーの瞳は真っ直ぐに父の方を向いているだろう、恐ろしく整ったお顔の気高く美しいお母様。


――推せる。


死にかけているためか、萌えの力でどうにか命を繋ごうとしているらしい私。

「ありがとう!!　我が儘を言ってすまないが、出来るだけ早く戻る!!」

お父様はお母様を一瞬強く抱きしめてから、急いで部屋を出て行く。

廊下に控えていたらしい使用人が慌てて後を追ったのか、バタバタという足音が重なって聞こえる。

出発の準備の手伝いがあるのだろう。

私はベッドの上で高熱と体の痛みで何も出来ず、微かに声を絞り出すのが精一杯だった。

「おとう……さ……ま……」

「大丈夫ですよ、ティア。お父様はとても強いから、きっと無事に戻って来られるわ」

アイスブルーの憂いの深い美しい瞳には、睫毛が影を落とす。

その姿は氷の妖精の女王のように美しい。

「ああ、革袋の氷が溶けて温くなっているから、革袋をやめて布に交換してたのかしら。早く冷やさないと……」

氷魔法で氷を作り、白い布の夜着をはだけさせて、布で汗を拭いてくれる。

「お、お母様……水入りの革袋……に水と氷を入れ、脇と膝裏を、冷やしてください……ませんか？　それと……太い血管のある、太ももの内側も、でき……れば」

息も絶え絶えに、日本で見たお医者さん系の出る作品等で得た知識を思い出して、お願いしてみた。

氷入り革袋で額を冷やしてくれていた母は一瞬驚いて目を見開いたが、すぐに指示を出してくれた。

「アリーシャ！　革袋を六つ追加で持って来てちょうだい！」

いつの間にかそばで控えていたらしい、私付きの黒髪のメイドのアリーシャは、返事をして弾かれたように部屋を出て行った。

ほっとくと脳が茹で卵のようになって死にかねないので、大変ありがたい。

お母様は見た目クールビューティーだけど、内面はとても優しい人なんだと思う。

それから数日意識が飛んでいて、——目が覚めた。

目覚める事が出来た。生きていた。

お父様の取って来てくれたエリクサーは間に合ったのだ。

気が付くと朝で窓から光が差し込んでいた。

カーテンを開いて私の方を振り向いたアリーシャがはっとした。

「お嬢様！　お目覚めになられたんですね!!　良かった！　すぐに旦那様と奥様に連絡を致します！」

――その前に水を一杯くれない？　と思ったけど大慌てで駆けて行った。

実はベッドからやや距離のあるテーブルの上に、水入れの白い陶器っぽい容器があるのは目視出来るけど、まだ体が怠《だる》い。

無理にベッドから抜け出そうとすると倒れるかもしれない。

仕方ない。

いっぱい皆に心配させていたんだろうし、と思ってるとすぐに両親が部屋に駆け込んで来た。

「ティア!!」

――セレスティアナという名の私の愛称が、ティアである。

「良かった！　本当に良かった！　もうどこも苦しくはないか？」

お父様が心配して、私の大好きな声で声をかけてくれる。

お母様はまだベッドで横たわる私の左手を取って、自分の額に押し当て静かに涙を流してる。

一枚の絵のように……美しい。

私は……眩しげに目を細めながら、この美しい今の両親の献身を生涯胸に刻み付け、何とか恩返しをしたいと思った。

あまりにも……尊い。目頭が熱い。

「お父様、お母様、ありがとうございます。もう……少し怠いくらいで大丈夫みたいです。お水を、いただけますか？」

お母様が振り返るとアリーシャは速やかにテーブルの上にあった水をコップに注いで差し出してくれた。

――はあ、生き返る感じがする。

装飾の施された美しいサイドテーブルの上にあった手鏡をアリーシャに取って貰った。

自分の顔を見てみると、天使のように可愛い幼女が映っている。

プラチナブロンドの腰まである長い髪。

陽に透ける緑の葉っぱのような色の瞳はキラキラと輝いていて、長い睫毛に飾られている。

さらに白い肌に華奢な体型。

お父様が私のプラチナブロンドの髪を、優しく撫でる。

――ん？

今まで疑問に思ってもいなかったけど、お父様の髪色が深い赤で、エメラルドのような緑色の瞳。

お母様が青銀の水の流れのような美しいサラサラストレートの髪にアイスブルーの瞳で、私と共通するのは色がお父様の緑色の瞳のみ。

ん？

「なんで私の髪色は、お父様やお母様どちらにも似てないのですか？」

仲が良いので不貞も無さそうなのにと、つい、口から出てしまった。

「貴族の子としてはよくある。精霊の加護を強く持っている場合には、その精霊の属性の色が髪や

瞳に現れるのだ。其方《そなた》のプラチナブロンドは、正式に精霊の加護の儀式を教会で行えば判明するが、おそらくは光の精霊の加護が有るのだろう。貴重な光魔法の使い手になるかもしれない」

この、やばいほど可愛い、ステータスを容姿に極振りしたかのような私に光魔法まで⁉

思わず口元がフニャリと緩む。

頬に手を添えてファッション雑誌のモデルのようなスマイルを作ってみたり、ウインクをしてみたりした。

「神父が言うには、邪竜の呪いが発動してもエリクサーが届くまで生きながらえていたのは、光魔法の素養があったおかげだろうと」

お父様が推しと同じイケボで優しく説明してくれて、ありがたい。

永遠にこの声を聞いていたい。セクシーで艶《つや》っぽく、かつ、かっこいい素敵な声。

それにしても魔法！　魔法が使えるなら嬉しい‼　これぞ異世界！

「精霊の加護の儀式は五歳になったら教会で受けられる。今ティアは四歳だから来年だな」

待ち遠しいな。

元気になったらお城の外の世界も見たい、街並みとか人々。

まだ小さいし、お庭までしか出た事が無い。

「軽めのお食事を用意致しました」

アリーシャが扉付近で銀髪の老執事から受け取った穀物を柔らかく煮込んだような、お粥っぽい何かをベッドの脇まで持って来てくれた。

残念ながらお米ではなかったけど、地味にお腹が空いていたし、元気になるために食事をする事にした。

味が残念。

でも病人食だし、きっとこんなものね。

そう思っていたのだけど、数日後に体力が戻って食卓に着いても、食事は残念なものであった。

飽食美食の日本人の記憶を取り戻してしまった私には……ショックだった。

なんか硬いパンと謎の小さい肉入り野菜スープに蒸した芋。

貴族なのにあまりにも質素！

「……あの、けして……文句とかではなく、不思議なので知りたいのですが」

ＴＶ等で昔見た、貴族がよく使う長い食卓にて、上座にいるお父様に向かって恐々としつつも問いかける。

「うちは……貴族ですよね？」

「ああ」

「わ、私が病み上がりだから家族の皆、その、お父様とお母様も付き合って粗食を食べているのですか？」

「……うちは、貧乏なんだ……」

お父様に辛そうな顔で言われ、胸が締め付けられるように痛む。

――解せぬ。だが、……解せぬ。

理由があるなら知りたいし、力になれるならなりたい。

「辺境伯ってわりと家格は上の方の貴族だったような、領地も広くて」

「確かに領地は広いが、先代の辺境伯の時代にモンスターウェーブが起こってしまったのだ」

「モンスターウェーブ……」

「魔物の大群が魔の森より押し寄せ、大地を汚した。この地は瘴気の影響で作物が上手く育たなくなった。昔は緑豊かな豊穣の地であったが、このライリー辺境伯領には魔の森があるゆえ、このような事が大昔にも何度か起こっているらしい。——故に、武勇に優れた者が剣となり盾となる為にこの地の領主を任される」

なるほど、ドラゴンスレイヤーの勇士だからお父様が任された。

「過去に何度か起こってる事なら、どうやって復活と再生を?」

「他国である神聖王国と友好的な時は聖女と言われる特に力の強い豊穣の巫女に大地を浄化して貰ったそうだが、今は聖女と言われる程の者は不在と聞く。仮にいても、そうそう他国に聖女を派遣する事も無く、ほぼ自国に囲って外に出さない」

へー。

「領民の生活も有るし、税金も上げられぬゆえ、質素倹約をしている。すまない……」

お父様が憂い顔で謝罪される。

ガーン!! だわ。

でもショックと同時に、領民を慮《おもんぱか》って税金を上げたくないという優しさを思うと、前世で元庶民の私は感動もする。

そういう訳で仕方ないから、今日の所は半端ない美貌の両親の顔をオカズに飯を食う事にする。

美味しそうなステーキの写真見ながら白米食う人と同じような物だ。

我ながら何をやっているのかと思わなくもないけど、私にとって萌えは心の支えである。

オタクなので。

「言いにくい事を言わせてしまい、ごめんなさい」

現状認識の為に必要だったとはいえ、お父様に悲しい顔をさせてしまった。

「いや、本当の事だからな。でもエリクサーを取りにダンジョンに入った時の副産物が多少あるので、それを換金して今度栄養のつくものでも買ってあげよう」

やったわ！

急いでた割にちゃんと取れる物は取って来てくれたのね！　ありがたいわ！

合理的で賢い人大好き！

考えてみれば……もしも私を救うのにエリクサーがダメだったら、他の手段を使うにもお金は必要だもんね、多分。

「ありがとうございます」

私が満面の笑みで御礼を言うとお父様は甘やかに笑った。

イケメン過ぎる――！

だけどいずれは臨時収入関係なく、この食事事情は何とかしたいな……。

せっかく異世界転生したんだし、なんか知恵を絞って金策もしたい。

食事が貧しいと心も寂しく感じる物だし。

皆の、家族の健康の為にも。

お父様のお友達

食後に石造りのお城の廊下をてとてと歩いていたら、

——目の前にエルフ。

すらっとした長身で金髪で青い瞳のイケメン青年エルフが歩いて来る。

め、目の前にエルフ……だと!? 思わず瞬きを数回してしまう。

「お、セレスティアナちゃん。元気に歩けるようになったのか、良かったな」

ずいぶんと気さくな雰囲気で話しかけてくる、まるで近所に住むお兄さんのように。

「エルフ……さん?」

「そうだよ。前に会ったのが赤ん坊だったから覚えてないかな?」

「あ! もしかしてお父様が冒険者だった時代の仲間に男性のエルフがいたって去年聞いていましたけど、もしかして」

「そうそう、よく覚えてたね? 賢い子だ、受け答えもしっかりしてる。私の名前はアシェルだよ」

——しまった！　今は四歳の幼女だった！

だけど今更仕方ない。私は妙にしっかりした幼女設定で行こう。

「アシェルさん、お会い出来て光栄です」

生エルフだ、すごーい！　きれーい！　見惚れる——！

「敬語はいらないよ、私は君のお父様の仲間で友達だから。女神の洞窟へのエリクサーを取りに行ったのにも同行してたし。王都の竜騎士に騎竜借りたから返して来た所なんだよ」

「え⁉　私を助ける為に一緒に高難易度ダンジョンへ行って下さってたのですか⁉　ありがとうございます‼　敬語はいらないと言われましたが、命を救われたお礼はきちんと言わせて下さい！」

私は慌てて頭を下げた。

「頭なんか下げなくて良いから、代わりに抱っこさせてくれる？」

——ああ、今の私、見た目は天使のように可愛いからね。

可愛い猫とか見つけたら抱っこしたくなるよね、そんな感じよね、分かる！

「どうぞ」

にっこり笑って両腕を差し出し、抱っこして！　のポーズである。

イケメンエルフは嬉しそうな笑顔で屈むと、すっと私を抱き上げる。

「小さくて軽いな、そしてすごく可愛い」

そうでしょ！

すると、ふわりと花というか、ハーブのような香りが漂う。

「花のような香り……アシェルさん、香水を付けてる？」

さすがイケメンエルフだなと聞いてみたら、

「いや、これは外からだな」

アシェルさんはそう言って、窓の方へ私を抱えたまま近付く。

眼下には、美しい花咲く庭園が見える。

——は？

「あれ？　ライリーの地は瘴気の影響で植物が上手く育たなくなったのでは？」

「この城と庭は守りの宝珠の守護結界内だから、瘴気の影響を受けないとジークムンドが言っていたよ」

「そういえば、今よりさらに小さい頃の記憶が蘇ったけど、確かに庭でお花摘んで……お、お父様どこ⁉」

「ん？　急にどうかしたか？」

「急に聞きたいことができたの！」

「庭の芝生の開けた所で鍛錬をしておられますよ、お嬢様」

メイドのアリーシャが廊下で掃除道具を運びながら、声を上げた私に気が付いたのか教えてくれた。

「じゃあこのまま庭に行こうか」

「はい！」

四歳児の足では庭まで行くのに時間がかかるから、抱っこされて移動する方が速い。

花咲き誇る庭園に到着した。

吹き抜ける風は爽やかで、ここには本当に瘴気の影響など無いみたい……。

春なんだわ――

あ！　あれに見えるはオリーブの木では!?　油が取れる！

抱っこされたまま身を乗り出そうとするとアシェルさんが慌てた。

「落ちる！　じっとしてくれ！」

いけない、とりあえずオリーブは後回しにしよ。

「ジーク！　娘ちゃん連れて来たぞー」

アシェルさんは私を抱えたまま、芝生ゾーンに入って行く。

鍛え上げられた広い背中、紅い髪、白いシャツに黒いパンツのシンプルな出立ち。

棒の先っぽに丸くした布を巻きつけて鍛錬してたお父様がいて、こちらを振り返る。

――イケメンだわ――……、見返りイケメン、超かっこいい!!

チラリと見える鎖骨と胸筋も素晴らしいですね。

父親の姿を見る度にテンションが上がる生活。

「おお、アシェル。騎竜のワイバーンを返す作業を任せてすまなかったな、ありがとう。そしてティアはどうした？　私に何か用があるのか？」

お父様とイケメンエルフの視線が私に集まる。

「さっきアシェルさんから、この城と庭は結界に守られて瘴気の影響を受けてないと聞いたのですが！」

「ああ、そうだぞ。この辺境伯の城は有事に領主一家や領地の人間を守る為に、守りの結界が張ってある」

「であれば、お願いなのですが！　流石に表の庭園の景観は損なわないので裏庭、裏の敷地内に畑を作らせていただけませんか⁉」

「城の裏に畑とは」

「お前の娘ちゃん、面白いよね」

クスクスと笑いながらも、やっと私を芝生の上に下ろしてくれた。

イケメンエルフに笑われたけどかまわない。

「庭に畑があれば、新鮮なお野菜が食べられるでしょう？」

「ふむ、その発想は無かったが、洗濯物を干すスペースはちゃんと残すのであれば、構わないぞ」

「ありがとうございます！　お父様！　つきましては、市場に野菜の苗など買いに行きたいのですが！」

「いや、待て、落ち着きなさい、ティア。先日まで死にかけて伏せっていたのだぞ、それに貴族の令嬢は市場になど行かない」

「い、市場に行きたいのです！　変装します！　平民のふりをします！」

平民のふりとか超得意だし！　元庶民の誇りにかけて！

「体調の方は、ええと、庭など歩いて体力回復につとめますから！」

私は外国の市場を見るのが大好きなので、前世ではＴＶに映る度に食い入るように見ていたのだ。

異世界の市場もめっちゃ興味あります！

「お城のお外、まだ出た事が無いし……」

私は必殺上目使いで食い下がる。

「む……う」

上目使い攻撃でお父様の心が揺れているようだ。

「まあ、数日、体力のほうの様子を見て大丈夫そうなら、私が護衛に付いて行っても良い」

イケメンエルフが護衛をかって出てくれた！　優しい！　素敵！

「護衛か、なら、アシェル、この城の護衛を頼む。私が仕事の調整して自ら連れて行く」

「留守を頼むと!?」

「そうだが？」

「狡くないか？」

半眼になってお父様を見るエルフ。

「何を言う、娘は最近死にかけてたんだ。心配だから自ら連れて行く」

「はあ、仕方ないな。セレスティアナちゃん、お父様が連れてってくれるらしいよ、良かったね」

「やったーー！　ありがとうございます!!」

喜びが隠せない私。

「しかし、種はともかく苗が欲しいなら、ライリーでは無理なので王都まで行く必要がある」

「え!?　めちゃくちゃ遠いのでは!?」

市場に行きたいだけなのに！

「王都から遠い土地の貴族の住まう家には、貴族の子が一〇歳になると通う王立学院、いわゆる貴族院に行く為の転移門が庭や敷地内に設置されている。その転移門は王都の教会の敷地内の塔に設置されていて、教会は学園に程近い位置にある」

「事情が有るなら先に連絡をしていればその転移門を使って魔法で王都まで、シュッと行けるぞ」

お父様がイケボで説明してくれた。

「え、そんな便利な物が」

「ともかく、ティアが体力を付けてからな。私の紙の仕事も有るし、七日は動けない」

「お忙しいでしょうが、苗が売り切れる前に連れて行って下さいませ……」

今は春だけど夏野菜には間に合わせたい。

「努力はする」

よし、言質《げんち》は取った！　しかし浮かれていると、お父様に釘を刺された。

「ちゃんと貴族の令嬢としての勉強もするんだぞ？」

「……分かりました」

――あ！　でも先に畑作らなきゃ！　苗を植えるにも下準備がいる！

「先に畑を作ります！　鍬《くわ》とか有るでしょうか!?」

「庭師のトーマスに聞きなさい、有るはずだ」

「はい！　分かりました！」

お父様に畑を作っていいスペースを確認してから、耕す事にする。

そして腐葉土とか欲しいなって思ったので、気になった事を質問した。

「ねえ、遠くに見える黒っぽい森は瘴気の影響を受けてないのです？」

「あれは魔物が住む魔の森なので、むしろ魔素で育っている」

「そこの腐葉土はやはり、有害でしょうか？」

「分からない、そんな所から土を持ち出すやつはいない。薬草や薪なら冒険者等が取って持って行く事も有るが」

そういう物なのか。でも植物を育てるには良い土と水が必要。

「そういえば、領地の水場、井戸などは大丈夫なのですか？　瘴気の影響」

「流石に飲水が汚染されていては人が死ぬから、井戸には浄化の石を設置させている」

「では教会近くには森はありますか？　林でも良いです」

「あるよ。腐葉土が欲しいならそんな沢山は無理だが、私が持ってきてあげよう」

アシェルさんが長い金髪をサラッとかき上げながら請け負ってくれた。

「ありがとうございます！　なんて親切なんでしょう！　畑を耕しながら腐葉土を待ってますね！」

「そこは腐葉土を待ってるじゃなくて、私を待ってると言って欲しかった」

しゅんとなるイケメンエルフ。

「ごめんなさい！　つい！　もちろん言うまでもなく、超美形のアシェルさんのお戻りをお待ちしてます！　エルフって本当に美しい上に親切ですね！　あと、私にちゃん付けいりませ……いらないわ。呼び捨てでも愛称のティアでも、お好きに呼んでね」

私の方は意識しないと敬語がなかなか抜けないわ！　もはや癖だわ。

「全くティアはしょうがないな」

などと苦笑しつつも、私が可愛くて仕方ないみたい。

愛称呼びにしたようである
これも容姿ＳＳＲの恩恵かしら。

＊＊＊

とりあえず雑草を抜く作業から――

待って、作業服が無い。ドレスで畑はいじれない、草むしりも出来ない。

「ねえ、アリーシャ、中古で良いから野良作業できる、私が着られるサイズのズボンとか、男の子用の服は手に入らないかしら？」

一旦自分の部屋に戻った私はメイドに相談してみた。

「待ってください、お嬢様。ご自分で野良仕事をするおつもりですか？」

「だってこのお城、大きいわりに極端なほどの経費削減で常駐させてる人が少ないのだもの。それぞれ自分の仕事が有るのだから、自分のわがままでやらせて貰う畑の事くらい自分で頑張らないと」

「ですけど、お嬢様は貴族の令嬢です。流石に外聞が悪いですよ」

「出入りする人間も少ないし、秘密にして。体力回復にも、畑仕事は悪くはないでしょう」

「はあ……仕方ないですね。一応旦那様と奥様に相談を致します。お許しが出れば、作業服は手配致します」

——ぬう。

お許しが出ないと困るわね、おねだり攻勢をするしかない。

お母様とお父様はあまりの事に頭を抱えたけれど、経費削減中だから仕方ないのです！

とゴリ押しした。

経費削減を決めてるのはお父様なので、仕方ないよね。

かくしてエルフは王都の森へ腐葉土を取りに出かけて、私はゲットした男の子用の服を着て、裏庭で草むしりをするのだった。

見かねた庭師のトーマスが草むしりの手伝いを申し出てくれた。

「このよもぎっぽい草は良い色が出そうだから、こちらに集めて取っておいて」

「色……ですか？」

困惑するトーマス。

「布を染める草木染めに使うの。紅茶染めもあるけど紅茶はもったい無いから」

草ならタダだし。

「お嬢様は染色をやった事があるのですか？」

「無いけど草で出来るのは知っているの」

古くなったカーテンとかが倉庫にあるのはしれっと確認済み。

やや薄い黄ばみがあるけど草木染めして誤魔化せそう。

平民のふりして市場に着て行く服だし、それくらいが丁度いいでしょう。

簡単なワンピースっぽいのを作る予定。

前世のお仕事ではお洋服作っていたからなんとかなる。

趣味はゲームやったり、漫画やアニメを見たり、さらには同人見たり読んだり描いたりゲーム作ったりのオタク生活全開だったし、推しキャラのドールにお洋服も作っていた。

昼食の時間にお母様に倉庫の古いカーテンを貰っていいか聞いてみた。

「カーテンなんかで服を作ろうだなんて、黄ばみも有るでしょう？」

お母様が困った顔で言う。

「ですから草木染めで色を誤魔化します。どうせ貴族の令嬢教育に刺繍《ししゅう》があるのですから、針と糸と布を使うことは役に立ちます。経費節約と令嬢の嗜《たしな》み、両方できますよ」

「口の回る子ね」

「ティアは賢いな。草木染めなど、どこで知ったんだ？」

――――しまった。

「夢の中で、見た本にあって」

前世の知識とは言いにくいので嘘をつくしかない。

「夢の中で？」

不思議そうな顔でお父様がじっと私を見てくる。

——イケメン過ぎる。

いや、そんな場合じゃない。

「高熱で寝込んでいた時に、夢の中で大きな図書館を見つけて入ってみたんです。天使の像など飾ってある、荘厳な雰囲気の美しくて立派な図書館でした」

悪魔憑きだと思われたくないので、神聖な雰囲気の所だったと強調する。

「そうか、不思議な夢を見たんだな。私が倒した邪竜の呪いのせいで死にかけたんだから、なるべくティアの希望は叶えてやりたい、……許そう」

許された！

古いカーテンなんかで服を作るなんてと、嫌そうな態度ではあるけれど、貧乏なのも本当なので、お母様も渋々折れてくれた。

「だが、刺繍も練習するんだぞ」

「服の襟《えり》とかに刺繍をしますよ」

「ハンカチとかじゃなくて、いきなり服に刺繍をして大丈夫か？」

「万が一、下手だったら解きます」

「そうか……頑張りなさい」

首、頭と手足が出ればいいのだ、簡単なアッパッパと言われるワンピースを作るぞ！

アッパッパは女性用の衣服の一つで、夏用の衣服として着られる簡易服。

この世界のこの時代で着てもそう浮かない気がするし、これにフード付き外套でも着れば良いと思う。

裏庭に下りて畑に来て鍬を振るう私。四歳児にはやや辛い。

「畑はわしらが耕しておきます」

庭師のトーマスと門番さんが畑を手伝ってくれるそうだ。

やる事が多いため、ちょっと甘える事にする。

「ごめんなさい、ありがとう。立派に野菜が育ったら、皆で美味しく食べましょう」


草木染めの為に調理場をこっそり借りる。

よもぎに似たなんか知らない雑草で三〇～四〇分煮て、そのまま冷ます。

そして思い出した。

あれ？　重曹ある？　忘れてたけど昔動画で見た草木染め、重曹を使ったような。

でもそんなのあれば、ふっくらパンの為のベーキングパウダーが存在するのでは？

うーん、重曹無くてもいける？　上手く染まってくれると良いな。

思い切りバクチだけど、どうせ古いカーテンだし、まあなんとかなるでしょ。

「お、お嬢様、調理場になど来られて、いかが致しましたか？」

調理長達が夕食の仕込みの準備をする為に調理場に来たようで、驚かれた。

貴族の令嬢は普通は調理場に来ない。料理もしない。

知ってる、令嬢物のラノベも読んでた。オタクなので。

ただ、私は普通の令嬢じゃないから慣れて貰います。

これからちょいちょい顔を出します。料理もします。

「ごめんなさい。草木染めの為に少し厨房を借りてたの」

「はあ？」

「あとは冷ますだけなので、邪魔にならない所で置いておいて」

戸惑う料理人に構わず続ける。

「それと、話は変わるのだけど、りんごと何かの果物と密封出来る瓶、入れ物はあるかしら？」

「それなら……ここに」

と、フルーツとあまり透明度は高くないけどちゃんと密封出来そうなガラス瓶を二つ程出してくれた。

やったわ！　これで天然酵母が作れる！

「これらが有れば、柔らかいパンが作れるわ」

「そうなんですか？」

調理長でも知らないらしい。

文明レベルがよく分からないけど、あまり食に拘らない世界なのか、日々生きるだけで精一杯なのか。

「ええ、なんとかなるわ」

多分。

果物を下拵えして、瓶は煮沸消毒して、前世の知識を使って天然酵母を作る。

多少日数はかかるし、たまにかき混ぜる作業もいる。

あとは異世界転生と言えばお約束のマヨネーズを作るべきかな。

酢は、りんご酢があったからこれと鶏の玉子を使ってどうにかしよう。

そう、鶏はこちらの世界にもいて助かった。

あー、マヨネーズで思い出したけども照り焼きチキン食べたい。醤油欲しい。

でもこのお城には醤油は無いし、知らないとも言われた。

この世のどこかにはあって欲しい、醤油と味噌と米！

ふと、箱の中からまな板の上に出された肉に注目する私。

「このお肉なあに？」

「ワイルドボアの肉です。魔獣討伐に出てた騎士様が狩ったのを持って来て下さったんです。魔獣の一種ですが美味しいですよ」

「つまり、猪系の魔獣なのね。それはいつも狩ったら貰えるの？」

「今回は仕留めたのが多かったらしく、たまたまです」

「そう。たまたまお裾分けを貰えたのね」

しかし、ワイルドってレベルじゃねーぞ。

「庭にオリーブの木があった気がするけど、油はある？　それと卵とパン粉」

「オリーブオイルと豚などから取れるラードは有りますし、卵とパンもありますけど。パン粉は……パンを削れば良いでしょうか？」

やったわ！

「それで良いわ。とんかつを作りましょう」

「トンカツ？」

油は高級品かなと思ったけど敷地内にオリーブの木があったから何とかなるのね、良かった。

そのうち石鹸も作ろう。

夕食にはとんかつを出しましょう。

作り方を実際に私が実演して料理長に伝授する。

手順

1．ワイルドボアの肉を叩き、塩こしょうをする。

2．1に小麦粉と卵と削ったパン粉を付ける。

3．油でカラッときつね色になるまで揚げる。

4．お好みでキャベツ等の葉物野菜を添え、とんかつソースを……

とんかつソースが……無い!!

あと胡椒が高級品だった！　そういえば地球でも昔は胡椒が黄金と同じように価値があったとか

言われてたな。

エルフのアシェルさんが少し分けてくれたのが今回はたまたまあるからセーフ！

あのイケメンエルフさんは本当になんて親切で有能で、心配りが出来るのだろう。

エルフを崇めても良い気がして来た。

崇めるといえば、邪竜の呪いから命が助かったお礼に神様にもお祈りをしなくては。

お父様とアシェルも無事に戻って来てくれたし。

祭壇を自室に作ってお祈りをしたい。

この世界の神様の像とか持ってないから、せめて絵姿でも欲しいな、高いかな……。

無いなら自分で描けばいいかな。

紙と画材が欲しい。

とりあえず今回はソースが無いから、今夜は塩でとんかつを食べましょう。

通っぽい。

こちらの世界にはあまり揚げ物文化が無いみたい、きっと油が高級なんでしょう。

うちがたまたま貴族で、庭にオリーブの木があったから、なんとかなるけど。

オリーブの木は挿木で増やせる。優秀。

夕食でとんかつを出したら、一瞬ナニコレ？　って顔をされたけど、貴重な食材無駄に出来ないし、と、ひと口食べてみたら両親とも目を輝かせていた。

「美味しいな、こんな料理は初めて食べた」

お父様も嬉しそうである。

私もワイルドボアの肉を食べるのは初めてだったけど、通常の豚肉にも負けてない味だと感じた。

「でも貴族の令嬢は普通は厨房には行かないものですよ。このお料理とても美味しいけれど」

「とりあえず一回作って見せたら、料理長も覚えてくれるので許して下さい」

なんとかお母様に厨房に入ることを許して貰う。

突然の揚げ物だったけど、胃はまだまだ元気のようだ。

揚げ物に負けない胃が有るうちに、色々食べさせてあげたい。

なお、付け合わせはサラダとスープだ。

パンも有る。

まだ天然酵母が完成してないので今まで同様硬いパンだけど。

庭のハーブとオリーブオイルと塩とレモンでドレッシングを作ってサラダにかけて、スープは鳥の骨で出汁を取って溶き卵とベーコンと塩胡椒で味を整えたスープ。

こちらの世界、何故かハーブは薬草としてか観賞用で、料理に使う人がいないようだ。何故なのか。

ちなみにこちらの両親はまだ二〇代の若さだ。前世の私とほぼタメである。

同世代のパパママに甘える事が可能。かなりのミラクル。

見た目は幼女だし、良いよね。何より実の子ですから！

「あのう、画材が有れば欲しいのですが、やはり高いでしょうか？」

美味しいものを食べて機嫌が良さそうな今聞いてみる。

「お絵描きがしたいの？」

絞ったレモンを少し入れ、氷を浮かべたレモン水を飲んでいたお母様が聞いてくれる。

通常は氷は高級品だがお母様はレアな氷魔法の使い手なので、食卓に普通に氷が上がってくる。

ラッキー！

「はい、お母様。お絵描きがしたいです」

「あなたの出産祝いに私の両親が送ってくれた紙と画材が有りますから、それを渡します。もう、お絵かきが出来る年齢なのね」

一般的に前世で何歳くらいからクレヨンなどでお絵かきしてたか記憶にないけど、ありがたい話である！

「お祖父様とお祖母様が下さっていたのですね！　嬉しいです！」

「ただいま～。腐葉土は庭に三袋程置いておいたよ、ティア」

イケメンエルフ帰還！

「お帰りアシェル。大丈夫か？　埃は落として来たか？」

食卓なのでお父様が突っ込む。

「ちゃんと埃は外で、風魔法で吹き飛ばして来たぞ」

凄い！　風魔法使えるんだ！　流石エルフ！

「おかえりなさい！　アシェルさん！　袋三つも背負って来てくれたのですか⁉」

重かったろうにと心配したのだけど、

「まさか、亜空間収納だよ。スキル」

あっさりと、いわゆるアイテムボックスのスキル持ちだという事をバラして来る！

「ええ！　凄い！　私も収納スキル欲しいです！」

「私も亜空間収納スキルを持ってるぞ」と、お父様もドヤ顔して申告して来た。

「私とアシェルは難易度の高いダンジョンでごく稀に見つかるスキルオーブを使って習得したんだ」

「買おうとして買える値段ではないよ」

気の毒そうにアシェルさんが言う。

「ええ、そんな！　ダンジョンの産物だなんて！」

「時魔法の加護持ちでごく稀にこのスキル持ちがいるが、素養がないとな」

世は非情である。

「私には時魔法の素養は無いでしょうか？」

「加護の儀式待ちだな、五歳まで待ちなさい」

——仕方ないな。

「はあい、分かりました」

お父様がアイテムボックス持ちならまあ、どうにかなるでしょう。

身内にいただけラッキーというもの。

「あ！　アシェルさんはもう夕食は食べた？　まだならとんかつを食べてみて！」

「今帰ったところだから、まだだよ」

程なくして料理長が揚げたてのトンカツを作ってくれて、メイドがアシェルさんの分を食卓に並べてくれた。

「美味い！」

美味しそうに食べている。口に合ったようで何より。

長生きしてるエルフでもトンカツは初めて食べたらしい。

てか、エルフって木の実や森の植物ばかり食べている訳じゃないのね。

「鹿とか適度に間引きしないと、木をめちゃくちゃに食べられてしまうしね」

との事だ。

「魔獣も食べる?」

「食べるよ。エルフのなかでも私は変わり者だから。普通のエルフは鹿は食べても魔獣は食べない」

へー、そうなんだ。

「変わり者のエルフが冒険者とかやるんだよ。普通は大森林のエルフの里に引きこもっている」

ほう、エルフの里か、魅惑的な響き。

いつかは行ってみたいけど、人間が行ったら迷惑だろうな。

＊　＊　＊

食後に部屋に戻ってみると、お風呂の用意が出来たと言われた。

わーい！　お風呂だ！

病み上がりで布とお湯で体を清められてただけだったけど、お風呂嬉しい！

しかしたとえ慣れてるメイドでも、人に体を洗って貰うのは幼女でも恥ずかしい。

「髪だけ洗ってくれる？」

アリーシャは微笑《ほほえ》んで了解致しましたと言って、白い壺から液体石鹸っぽいなにかを柄杓《ひしゃく》のようなもので掬《すく》い上げた。

髪に塗り込んでいく。

髪と頭皮を優しく洗う。そしてお湯で流す。

なお、この液体石鹸らしきものは体を洗う時にも使うらしい。

多分いい石鹸がこの世にまだ無いに違いない。

石鹸たるもの良い香りがしていて欲しいけど、良い香りはしない。

「お嬢様の髪は本当に美しいですね」

アリーシャが褒めてくれる。

うん、マッパで恥ずかしいので髪だけ見てて。

髪には仕上げに香油をぬられた。匂い、キツくない？　大丈夫？

今度何とかして自分でシャンプーとリンス作ろう。

もっと良い石鹸も。

お風呂から上がると、日本画に使われる顔彩っぽい画材と、しっかりした厚みのある紙が机の上に置いてあった。

筆や水入れも有る。パレットは板のようだ。

顔彩は昔日本で使った事がある、水彩絵の具と似た塗り方が出来る。

鉛筆と消しゴムが欲しいけど無いものは仕方ない。

木炭で下描きをするしか。

いや、いっそ一発描きの方が汚さずに済むのでは？

だって食パンも練り消しも無いんだよ。

「お嬢様、絵を描くなら明るい時間にして下さいね」

アリーシャに釘を刺される。

この世界、暗くなったら寝ろの世界のようである。ましてや四歳児。

仕方ない。

とはいえ、髪を乾かしてからしか眠れない。

風邪をひくので。ドライヤーが欲しい。

そういう魔道具は無いのかな？　無ければいずれ作りたいな。

作れる物ならば。

アリーシャにこの世界の神様のお話をして貰いつつ、寝る事にした。

本当はお父様のイケボでお話をして欲しかったけど、せっかく私が助かってほっとしたばかりだ、お母様と一緒に夜は仲良く寝てる可能性が高い。

今しばらく自重して一人で寝よう。

そのうち添い寝をねだるぞ！　幼女だから！　まだ子供なので！

＊＊＊

翌朝、早起きして早速絵を描く事にした。明るいうちに。

草木染めの布は朝食後に見に行く事にする。

さてこの世界の神様の名前とお姿だが、教会の本の挿絵にイメージ画像があったのでそれを参考にして描く。

最高神は光の神である太陽の神、次に月の女神、大地を司る豊穣の女神、大いなる恵みをもたらす水の神、勇猛な戦の神と続く。

他にも色んな神様がいるけどメインがこの五柱の神様らしい。

なのでさしあたって、この五柱の絵を描かせていただく。

描くのは素人な上に一発描きではあるけど、シャーペンも消しゴムもないので、許して欲しい。

こういうのは心が大事だと信じて。

描き上げてそれぞれの五柱の絵を薄い板に重ねて、端をリボンで結んで固定して立て掛けた。

太陽の神様を中心に飾る。月の神は対っぽい存在らしいので隣に並べる。

戦神、水の神、太陽神、月の女神、大地の女神。

という並びで祭壇を飾った。

庭に咲く白と赤とピンクの薔薇《ばら》を花瓶に挿して、お供えする。

祭壇前に膝をついてお祈りをする。

――今は春で良かった。飾るお花があるもの。

お野菜が無事に出来たら、それも少しお供えしよう。

こちらの世界のお祈りの作法はまだ知らないけれど、心を込めて。

＊＊＊

料理長とその奥さんと料理人二人、計四人が朝食の支度を始めるタイミングで厨房に顔を出す。

天然酵母については厨房の人に、「忘れずにかき混ぜておいて」と指示を出す。

ふと、美味しそうに熟したトマトが籠《かご》に沢山入ってるのが目に入った。

イケメンエルフのアシェルさんが、アイテムボックスからトマトをどっさりくれたのだという。

中で時が止まるタイプのアイテムボックスだ。

素晴らしい。おそらくは夏野菜だろうトマトが春にも食べられる。

この世界にビニールハウスとかはあるとは思えない。

玉ねぎ、にんにく、鷹の爪もあった。

ケチャップを作って貰おう。

ケチャップの煮込み時間が割と必要なのでその作業はやって貰う。

エプロンをしてトマトソースというか、ケチャップの作り方を教える。

朝食らしくベーコンエッグとトマト入りサラダとスープ。

スープの方は昨日のと同じとき卵とベーコンのスープ。

ベーコン料理が被ってるけど気にしない。

フライドポテトも揚げて貰う。塩かけるだけで美味しいから素敵よね。

料理長達が、味見した揚げたてフライドポテトの味に感激している。

食卓で出された料理、主に初めて食べるフライドポテトは両親にもイケメンエルフにも好評だった。

油で揚げただけの芋がこんなに美味い。お父様が感激しているし、イケメンエルフもご満悦。

「ベーコンエッグも美味しいよ」

何食べて生きてきたんだと突っ込み入れたいレベルだけど、喜んで貰えて何より。

「アシェルさん、トマトをくれてありがとう。これで新しい調味料も作れるわ」

「インベントリにしまったまま、持ってるの忘れてたんだよ」

「おいおい」

お父様が呆れる。

和やかに時間が流れる。

お母様が作ってくれた氷入りレモン水を飲んでふと閃く。

「お母様、お願いが有るのですが」

最近お食事タイムにお願いばかりで申し訳無いけど、これも金策だと、やおら切り出す私。

「何です？」

「氷魔法で氷を作って市場で誰かに頼んで売って貰うと、お金が稼げませんか？　氷は貴重なのでしょう？　金の有る商人や病院、医者などにも。肉屋等色々需要は有ると思います、あ、鍛冶屋にも」

「運ぶ最中に溶けてしまうのでは？　氷の運搬とかそんな事にお父様の貴重な収納スキルは使えませんよ。お仕事があるのですから」

「おがくずの中に氷を入れるんです。それで多少持ちます」

「まあ。それも夢の中の図書館の知恵なの？」

地球で、江戸時代の飛脚とかがやってた気がするのです。

「ええ、そうです」

嘘をつくのは心苦しいけど、努めて冷静に返す。

「その氷が売れたお金で何が欲しいの？」

「裏の敷地で畑を耕してもらいましたが、まだ場所があったのを思い出したので……」

天井を見ながら言葉を続ける。

「植木鉢を複数買いたいのです」

できれば横長のプランター。

「城の屋上が広くて平らで空いてますから、鉢で野菜を育てましょう。屋上菜園です」

――絶句。という顔を両親にされる。

「屋上で野菜育てる貴族とかは、居ないと思うが」

笑顔が引き攣《つ》るお父様。

「屋上は瘴気の影響を受けない貴重なスペースです。有効利用しましょう、すべきです。屋上なら日光もさします、作物は育ちます。この城を訪ねるお客様も少ないですし、いた所で屋上を見せてくれと言う者はいないでしょう」

「確かに屋上を見たいなどという奇特な者は居ないが、結界があるとはいえ、念の為に城の守りに見張りの兵士が二人くらい立つぞ」

「もちろん見張りの方が動くスペースは十分に残しますよ、何なら敵襲があった場合には城の下にいる敵に投石の代わりに鉢を落して撃退も出来ますよ」

(野菜は抜いてから)

食卓に着いている大人三人と、側に控えていたメイドと執事が息をのむ気配を察知した。

「よもや、敵襲の事まで考えるとは、ティアは面白いなあ」

イケメンエルフは楽しそうに笑う。

ちょっと四歳児の考える事じゃないけど、金策の為必死なの！

「……はあ、裏庭だけでは足りぬか？　城の者だけで食べ切れるのか？」

「いっぱい出来たら売れば良いんです、収入になります。瘴気の影響の無いお野菜、ライリーの領民も食べたいはずです」

「ぬ、……それは確かに」

結局、両親は優しいので、この提案を聞き入れてくれた。

この子なんなんだろうって思われただろうけど、今更後には引けない。

とりあえず交渉は成立したので、私は次に昼食のメニューに思いを馳せる。

尽くしていれば真心は伝わる筈だ。

身内の胃袋もガッツリ掴む。

トマトもまだいくつか残してるのでミネストローネも良いかも。

＊＊＊

さてさて、元カーテンは上手く染まったかな？　冷めた後に確認。

よもぎっぽい草を使ったので緑色に染まっている。

重曹とかあればもっと濃い色で染められたかもしれないけれど……。

うん、薄くあった黄ばみも誤魔化せたから、よしとしよう。

＊＊＊

腐葉土の他には馬糞等も肥料に使いたいけど、集めて醗酵させたまにかき混ぜる必要がある。

馬糞集めるスペースも瘴気の影響の無い所でやらないといけないので、しばらくこれは諦める。

お願い瘴気！　できるだけ早くライリーの地から消え去って！

年々微妙に薄くはなってるそうだけど、早く完全に消えて!!

まるで乙女ゲームの……


私はセレスティアナ。

辺境伯令嬢！　こう見えても貴族の令嬢！

ただ今……覗きをしている。庭の茂みの影から……

何を覗いてるかというと……

何と朝からお庭で両親がいちゃついてるのである！

あまりに萌えるので、邪魔しないよう気配を殺して見ているのである。

前世で好んでやってた乙女ゲームで言えば一枚絵、「スチル」があって然るべきシーンではないか。

何しろ――……、

「お嬢様？　何をされているんですか？」

交代時間になって暇なのか、お城の門番さんがしゃがみ込み急に声をかけて来た。

「奥様、ご覧になって？　あちらの旦那様、奥様の髪に手折ったお花を飾りましたのよ。あまりにも絵になる光景ではなくって？」

「まあ、本当にお似合いのお二人ですね、お熱い事――」

突然の奥様ごっこに慌てずに対応して来る門番さん。こやつ、出来るー。

多分同年代の子供の遊び相手居ないし、気の毒がって合わせてくれたのね。

「ティア、そんな所で何してるんだ？」

お父様にバレた。（バレないはずがないが）

私はザッと勢いよく立ち上がり、芝居がかった口調で言った。

「よく、ここに俺がいる事を見ぬいたな！」

「めっちゃ声が聞こえたんだが」

お父様がやや顔を赤くしている。照れているんですね、かっわいい。

「クハハ！　今日の所はこの辺で見逃しといてやる！」

三下っぽい捨て台詞は、一回言ってみたかったのだが――。

ザッ!!

「わっ！」

「捕まえた！」

突然目の前にかなりの距離を跳躍して来たお父様にぎゅっと抱きしめられた。

つまり、捕まった。

ついうっかり「きゃあ！」とかじゃなく「わっ！」とか言ってしまうあたり乙女としてどうか。

「おのれ、この私を誰だと思って――」

「誰なんだ？」

「や、闇の種族の四天王の一人……」

「いきなり四天王を捕らえてしまった」

「私はこれにて失礼します！」

しれっとダッシュで離脱する門番。

私を見捨てるのか。

未だお父様の腕の中で捕獲されている私――

「だが、調子に乗るなよ、我は四天王の中でも最弱――……」

「自分で最弱とか言ってしまうのか？　くっ、あははは！」

耐えられなくなったのか、爆笑された。

「ふふ。なんのごっこ遊びをしているのやら」

いつもはクールっぽいお母様も、おかしさが堪えられなかったもよう。

肩も震えてる。

別にお母様も爆笑してくれて良いのに、貴族の誇りにかけて堪えているのか。

「ふう、さて私もお花を貰いに来たのでした」

切り替えて、祭壇に飾る花を選びに来たので庭のお花を物色する私。

「こちらはどうですか？　お嬢様」

お父様が片膝をつき、愛の告白みたいなポーズで一輪の白色の薔薇を差し出して来る。

きゃ――！　スチル――！　一枚絵――!!

かっこいい――っ！

スマホ誰か持って来て――！　カメラ――！

だが、ここにはスマホもカメラも無いんだよ、悲しい。

「まあ、これを私に？　ありがとうございます」

お淑やかな令嬢風に応える。本物の令嬢なんだが。

「あははは、好きなのを持って行くと良い」

お父様は立ち上がって膝をはたく。

はい、ごっこ遊び終了のお知らせ。

「このブルーのお花も綺麗よ」

お母様がポピーに似た青い花を指差す。

前の世界だと青い色素を持つ花ってあまり多くないと聞いたけど、こちらはどうかな？

私も青い花大好き！

「はい、綺麗な青ですね」

私は少し離れた所にいた、庭師のトーマスに声をかけて、青いポピーに似た花を数本切り花にして貰った。

このお母様が選んでくれた青い花を、神様を祀る祭壇に飾り、お父様が下さった白い薔薇は一輪挿しで、私の部屋の窓辺かテーブルに飾ろう。

だってこれは、お父様が私に下さった特別な薔薇だもの。

ふふふ。

さて、わざわざ早朝に起きたのはお供えのお花を探すこと。

それと、ケチャップが完成してるだろうから、朝食にオムレツをリクエストするためです。

作り方を料理人達が知らないようなら、レクチャーせねば。


ちなみに先日の昼はイケメンエルフの差し入れトマトで、ミネストローネを作って出した。

大変美味しゅうございました。

家族にも好評だった。

トマト味のスープは初めてだったらしい、何故だ。

食への探究心が薄い世界か？

ともかくトマトは素晴らしいので、トマトさえ有ればまた作りたいな。

お父様が仕事に戻ったあたりで進捗どうですか？　と様子を見に行こうかな。

プレッシャーを与えるようで、申し訳ないけれど、夏野菜に間に合うよう苗を買いに市場に行きたいので、皆の食卓を豊かにして日々小さな幸せでも感じることが出来るよう、頑張りたいな。

「うちのお嬢様」

（メイドのアリーシャ視点）

私はアリーシャ。

辺境伯令嬢である、麗しのセレスティアナお嬢様付きのメイド。

年齢は三〇代前半。髪は長い黒髪を後ろで纏めている。

目は普通に茶色。

いつものようにお嬢様のお部屋の掃除に来ると、お嬢様が作ったらしい祭壇に神様の絵が飾ってあった。

色も塗ってある。とても綺麗な絵だった。

机の上の画材はきちんと片付けられている。

筆も大事に洗って古い布で拭いて乾かしてある。

え？　お嬢様は四歳よね？　お片付けが完璧な上に、あまりにも絵が上手い……もしや天才なのでは⁉

ん、待って、誰か別の人に描いて貰った？

でもこのお城は領主である旦那様の方針で、税を上げない為に、質素倹約をして使用人の数もとても少ない。

五柱の神様の絵を一枚ずつ描いてある。

子供のお絵描きのレベルを超えている。

私は部屋から出て執事のカリオに声をかけて、倉庫から額縁を探して来て貰う。

絵は薄い板に重ねてリボンで固定してあったけれども、額装しなくては！

そう思うレベルの絵だった。

お嬢様が自室に戻る前に額装をおえた。

お嬢様は天使のように綺麗で可愛らしい方であるけれど、高熱を出して死にかけて復活をされてから、ますます美しくなられたような気がする。

瞳が何やら知性的に輝いて見えるのだ。

発言も何やら大人のようだ。

お嬢様の身に天使様でも降りて来ているのだろうか？

とりあえず、この上手すぎる絵の報告を、ご両親であるお二人にするべきなのか。

もしかして奥様がこの絵を描くのを手伝ったとか？

旦那様は今は書類仕事に追われているはずだから、とりあえず奥様の方に行きましょう。

奥様の部屋の前でノックをすると、中から涼やかな声でどうぞという声が聞こえる。

「あら、アリーシャどうしたの？」

氷の精霊の女王のように美しい青銀の髪を揺らして顔を上げられた。

奥様は机に向かっておられ、書類と手紙が積まれていた。

しまった、旦那様のお仕事のお手伝いをされていたようだ。

「お仕事中でしたか、申し訳ありません」

「構わないわ。ティアが早く市場に行きたがっているから、少しジークのお仕事を手伝っていたのだけど、もう殆ど終わっているの。私には遠慮してか、少ししか書類を渡さなかったわ」

有能にして良妻。

「あの、お嬢様が神様の絵を描かれていたので、倉庫にある額縁を使用致しました」

「あら、もう絵を描いたの。早かったわね」

手紙を傍に束ねて置きながら、柔らかく微笑まれる。

「そんなにお絵描きが楽しかったのかしら」

「早い上に、もの凄くお上手です」

「まあ、そうなの？　お世辞ではない？」

「お世辞は全く言っておりません。天才なのではと思ったのでご報告に参りました」

一瞬ポカンとされた後に、くすりと笑んで、

「まさか、そんな、あの子まだ四歳よ？」

とても美しい微笑みだけれど、本気にしていただけてないようだ。

「とりあえず、お嬢様の絵は額装致しましたのでご報告まで」

「ありがとう。アリーシャ」

言うやいなや、手紙を開いて確認を始められた。

まあ、そのうち目にする事もあるでしょうし、何しろ同じ城の中ですし、お仕事の邪魔をするのも何ですし、私も自分のお仕事に戻る事にした。

掃除が終わったら自分の食事の時間である。

今日はとても美味しい賄《まかな》いが出ると聞いていて、楽しみなのである。

貴族である旦那様達と内容がほぼ同じらしい。

賄いとは――？　と突っ込みたくなるけれど、新メニューの練習がてらって事かもしれない。

ありがたい事である。

私はワクワクとしながら使用人用のお食事部屋に向かう。

市場での出会い

お父様の執務室に行くと、お父様とシルバーグレーの髪の家令の姿が見えた。

二人共、机の上に書類を沢山重ねて紙のお仕事をしている。

「決してお邪魔はしないので、ちょっとこの書類を見ても良いですか？」

「絶対破いたり、汚したりするんじゃないぞ」

許可を得て数枚の書類に目を走らせる。

んんん、転生ボーナスか何かか普通に難しい文字も読めてしまう。

不思議。

そして気が付いた。

あれ、これ、分類されてないし、文字がぎっしりの書類が多くて……あ、家令が書類を手に取って目を細めたり、近づけたり、遠ざけたりしてる。

文字が見えにくいのか。

老いた目にぎっしりの文字列、辛いね。

「分類が、こう、仕分け作業すらされてないのでは？」

「経費節約で……人が足りていないのでな」

お父様も眉間に皺を深く刻んで苦しんでいる。

「家令のコーエンは文官じゃないのでは、お父様」

言いたくはないが、突っ込まざるを得ない。

「それはそうなんだが、コーエンは古くから仕えてくれているし、金に関する書類も有るから、信用できる人間に頼みたくてな。それと知らない人間をあまり城に入れたくない」

元平民冒険者の弊害────!?

まあ、確かに家に知らない人うろつくの怖いよね、いっぱい雇い過ぎると末端まで覚えきれない。

気持ちは分からなくもないけど、経費節約し過ぎ────！

「せめて、内容での仕分けをお手伝いします」

「ティアが？　出来るのか？」

「出来ます」

キリっとした表情で答える。

「ですが、その前にちょっと、紙とペンとインクと定規は有りますか？」

「それなら、ここに」

ガサガサと家令が用意してくれた道具を受け取って、私は枠や線を入れて書類の雛形テンプレートの見本を描く。

印刷機欲しいな、でも無いだろうな。

「効率化を図りましょう。同じ内容の書類の書き方が統一されてなくて、さらに字がぎっしりだと、目が疲れますよね」

この世界眼鏡も無いのなら、余計辛そう。

「この内容の書類には、この雛形を使えと指示を出しましょう」

「急にそんな事を言われても、相手が困るのではないか？」

「領民の暮らしを慮って税金を上げたくないばかりに、経費節約しまくってこちらも苦労をしています。役場の人間だって他の者だって、書類を見直す時に見やすいほうが、後に助かるでしょう。こんな線引いて枠を描くくらいは子供でもできます」

印刷機があれば手描きの必要は無いのだけど。

「ふむ……」

一枚の文字びっしりの見本を手に取り、内容を雛形を描いた書類に書き写す。

文字や数字を書き込む。

書類タイトル、ここに書類申請者、書き手のサイン、ここに領主のサインと……

領主サインはお父様にしか書けないので空欄っと。

コーエンに見本を手渡して、どう？　と聞くと、

「お嬢様！　見やすいです！　ありがとうございます！」

喜ばれた。

「おお、ティアは賢いな」

「むしろアホですけどね」

「そんなバカな……」

感心するお父様と半眼になる私。

お父様に嘘だろって顔をされる。

「書類なんて本当は特に好きでもないけど、いずれ向き合わないといけないなら分かりやすく見やすい見本作って書き方教えてくれてた方が助かりますし、後で自分が楽をしたいんです」

私は言葉を続ける。

「それとこの書類、魔物が出たから討伐依頼って緊急じゃないですか？　冒険者ギルドには行かないのでしょうか？　そっちの方が早いでしょうし、こんな色んな書類に埋もれていては手遅れにならないのでしょうか？」

不思議である。

「何がしかの条件が厳しいとかかな？　こちらから騎士団に依頼をする」

と、お父様は言った。

時間かかるけど、仕方ないね。

「ほっとくと人が死にかねない内容なら、左上に緊急！　とか赤い文字で書くとか」

「まず、インクが高級で、赤とか色付きは用意が無いと思う」

んあ――――っ!!

「ではギザギザのフキダシを描くとか」

（ギャグではない、真剣）

「フキダシ？」

お父様と家令が困惑する。

漫画で叫んだり、強い口調で言ったりする時に見られるフキダシと言えば漫画を描いたり読んだりするタイプの日本人なら、大抵分かるだろうけど、ここの人には通用しないので見本を書いて見せる。

「へぇ」

吹き出しに見入っている二人の成人男性。

ギャグじゃないので、赤インクとか無いから仕方ないので、分かりやすくしたかったので！

「しかし急に、雛形とか言っても従うだろうか？」

お父様が心配している。

「予算くれ的な事業の話は、ちゃんと雛形使ってるやつから優先して書類に目を通すぞって脅しておけば良いのでは？　あと、職務怠慢って思われたくないちゃんとやる真面目な人が分かりますよ、区別出来ます。ちゃんとやる事をやれる方は、後に余裕が出たら褒めてあげて、何か物もあげましょう」

今は余裕がないからごめん。

「なるほど」

お父様も納得してくれた？　真面目で誠実な人は後で報われて欲しい。

「では分類作業を致します」

家令よりずっと視力が良い若い私が今助けるからね！

「ありがとう」

「ありがとうございます、お嬢様」

二人にお礼を言われるが、

「私が早く市場に行きたいのもあるので！」

「そうだったな。私も紙の仕事より早くティアと市場デートがしたいぞ」

お父様は優しい笑みを浮かべてそう言った。

きゃ――っ！　イケボで男前の女殺し――――っ!!

＊＊＊

「髪や目の色を変える、変装用魔道具？」

アシェルさんが、透明な水晶のような石が嵌め込まれているブレスレットを差し出して来た。

「そう」

またイケメン有能エルフが良いものを持ってきてくれたという事。

「すごーい！　好きな色に変えられるんです？」

「そう、この玉にイメージした色を記憶させるんだ」

「じゃあ、大地の色というか茶色い髪と茶色い瞳にしよっかな」

「茶髪の人間は多いから良いと思うよ。逆にプラチナブロンドは珍しいから、ただでさえ容姿が際立ってるティアは誘拐されないように、しっかり変装しないとな」

「お父様の分は？」

「それはレアで高級な魔道具だから一つしかない。ジークには顔の上半分だけ隠れる仮面でも着けて貰って、フードを目深《めぶか》に被って貰おう」

「不審者では？」

「しかし冒険者時代からドラゴンスレイヤーで男前なジークは人気があったから、顔を見られるとピンとくるやつは多いはずだ」

「なるほど、お忍びも大変ね。まあ諦めないけど」

＊　＊　＊

草木染めで染めた元カーテンでアッパッパというかワンピースを作る。

袖は無く、長袖を重ね着出来る余裕を持たせた服に。

季節が変わっても着られるように。

でも子供ってすぐ大きくなるとは聞くから、そう長くは持たないかな。

襟元に刺繍。植物の蔦のような模様を入れようかな。

刺繍も練習しろと言われたし。
でも四歳って刺繍する？　針なんか持たせられる？
初めての子供って事で親も子供がどこまで出来るかわからないのだろう。
何しろ服を作るとか言う子供だし。
今の体型を測って型紙を用意して……。布を裁断して縫《ぬ》う。
あ――、ミシン欲しい。
畑の方は逞しき使用人達が耕してくれた。四歳女児には鍬が重いのだ。
砂場遊びとはレベルが違う。
本当にすまない。もう少し大きく成長したら自分で畑頑張るから。
畑のやり方、作り方だけ指導した。
数日後にワンピースは完成した。
ついでにハンカチに刺繍の練習をした。モチーフは森の小動物。

＊　＊　＊

買いたい物リスト。
野菜苗、複数、野菜を植える為の鉢。
なんか良さげな食材。
あれば米、味噌、醤油、大豆、小豆の類い。

多分無いだろうけど有れば嬉しいなあ。

良い感じの布。

お母様のドレスは良い生地で仕立ての丁寧なドレスだけれど、少しへビロテし過ぎてやや古びて見える。

生地さえ有るのなら私が縫えば仕立て代は要らない。

でも四歳児が貴族のドレス縫うのは、流石に不自然すぎて無茶かな。

今更かな。

でも頻繁には市場に行けそうにもないし、買える時に掘り出し物があれば買いたいな。

後は氷の卸し先、売れる所を探すかな。

今回はお父様のアイテムボックスに氷入れてって貰おう。

どうせ同行してくれるんだし。

氷を魚屋やお肉屋にあげたら、交換で値引き出来たりするかも。

＊＊＊

ようやく市場に行ける日になった！

庭園の転移門、転移陣から、王都の教会敷地内の塔の中の転移陣へ。

魔法陣が光った！　これぞファンタジー！　感動的。

あっという間に王都である。

私は変装の魔道具で茶髪に茶色い瞳の女の子に変装してる。

魔道具のブレスレットはスカーフを手首に巻いて隠している。

頭は適当な布をかぶっている。

顔が可愛いので。

いざとなったら風呂敷代わりにもなるし、荷物が包める。

お父様は仮面を着けて鼻と口は出して他を隠されている。

口は出てるから試食は出来るよ。

＊　＊　＊

念願の市場に着いた、朝市である!!

朝から沢山の人がいる。ざわざわとした賑わいが素敵。

沢山の出店が並んでる。

新鮮なお野菜や、知らない鮮やかな果物が見える。

生命のエネルギーを感じる。これぞ私が市場に求めていたもの。

自分もフレッシュな力を貰えるみたいな。

「わあ！」

「はしゃいで急に駆け出すんじゃないぞ、アリア」

——そうそう、偽名を使っています。変装中だしね。

なお、お父様はお父さんと呼ぶ。

イケメンエルフはお城の警護でお留守番だし、二人しか居ないので。

野菜苗はどこかな～。あ、

「おとーさん！　あっち！　苗あった！」

私は苗を売ってる店を指さす。

「うん、ちょっと抱えるぞ」

お父様は片手で私をひょいと持ち上げ、そのまま苗のお店まで移動する。

四歳児の足で移動するより早い。

トマトっぽい苗、胡瓜《きゅうり》っぽい苗、茄子っぽい苗と、ほうれん草っぽい葉物野菜の種を複数購入。

「そんなに持てるかい？」

店のおじさんが心配するけど、

「お父さんは冒険者で、いっぱい入る袋を持ってるの」

アイテムボックスのスキル持ちというよりは　目立たないらしいから袋に入れるフリで亜空間に収納して貰う。

「へー、凄いもんだな。しかし、なんだって仮面なんか着けてるんだ？」

店のおじさんは不審に思ったらしい。

「怪しいな！」

急に背後から子供の声で怪しいなどと言われる。

子供の方に振り返って見ると、黒髪に赤い瞳のやたらと整った可愛い顔の男の子が立っていた。

服は冒険者風、七歳くらい？

一六歳～一七歳くらいになれば乙女ゲームのパッケージでセンターはれる、正ヒーローになるポテンシャルは有りそうだわ。

「私のおとーさんは別に怪しくないわよ！　男前すぎて道行く女達が振り返るレベルだから仮面は女避けで着けて貰ってるの！　おかーさんも心配するから！」

ちょい苦しい言い訳をする私！

「ほう、それはそれは、随分な男前なんだな」

苗屋のおじさんがのほほんと笑う。

「えー？　本当か？　いくらなんでも仮面は怪しいだろ。仮面舞踏会でもあるまいし」

もう！　さらっと流しなさいよ。

ガバッと頭から被っていた布を取り払って更に言い放つ。

「私のお父さんよ！　この顔で想像出来るでしょ！　親の顔が美形である事なんて！」

とくとご覧！　今だけ！

「――……!!　物凄く……！　可愛いな!!」

少年が一瞬呆然とした後で言う。

「知ってるわ」

当然とばかりに返す私。

「はー、お嬢ちゃん。ほんと可愛いな」

店のおじさんもニコニコする。

「じゃあ買い物の途中なのでこれで！　おとーさん行こう！」

お父様を促して歩き出す。

しばらく歩くが何故か付いてくる男の子。

少し離れた位置に冒険者風衣装を着た大人の男性も五人くらい付いて来る！

やばい、ちょっと目立ち過ぎた？

何？　お父様のアイテムボックス風の袋か私を狙ってる⁉

お父様もやや困ってる風。

「何で付いて来るの？」

少し後ろを歩く少年に言う私。

「進行方向が同じだけだ」

白々しい。

「もし、これ以上付いて来るならストーカー、変質者だって叫ぶわよ」

「なっ⁉　……無礼だぞ⁉」

「無礼はそっちでしょ？」

勝手に付いて来て何よ。

「か、仮面を着けた不審者が居るから‼」

「ただの女避け対策したお父さんだと言ってるでしょ！　幼女追いかける変質者だって叫ばれたくなければこの場を去るか、あなた私の財布になりなさい！」

「さ、財布だと⁉」

男の子の背後の男達も何故か動揺してる。

「こら、アリア」

お父様がたしなめようとして来る。

「去るか財布か、選択肢は二つよ」

お父様を不審者呼ばわりしたんだから、このくらい当然よ。

「い、いいだろう！　この市場内の買い物に限りだ！　高級宝石店や高級ドレスショップなどは禁止だぞ！」

気位が高いのか、払う方を選んだ。

これ絶対かなりの金持ちだわ！

「じゃあ付いて来る事を、許してあげる」

「顔は可愛いのに、偉そうだな」

「おい、アリア本気か？」

お父様が心配してる。

「まだ小さくても男よ、女の子の前で経済力ある事見せつけてかっこつけたいのでは？　なら、かっこいい所を見せて貰いましょ」

正体は大きい商会のお坊ちゃんあたりかな？

考察していると、男の子はむすっとして文句を言った。

「小さいって言うな。俺の名はガイだ」

「へえ、男らしい名前」

「俺は男らしいからな」

ドヤ顔をする。

あら、少し歩いてると懐かしい香りが、ええ⁉　あれは！

「お味噌汁いかがですか〜〜？」

マジで⁉　今、お味噌汁って言った⁉

お店の黒髪の売り子さんに駆け寄って味噌汁を確認！

茶色い！　味噌っぽい！

「し、試飲は出来ますか⁉」

はやる心を抑えられない。

「はい、どうぞ」

売り子さんから小さいコップに入れられたのを受け取り、飲んでみる。

ゴクリ。これは……まさしくお味噌汁！

「このお味噌売ってるんですか！　壺で！　上澄《うわず》み液込みで欲しいのですが！」

「は、はい、良いですよ。でも大きい壺ごとで大丈夫ですか？」

店の売り子の黒髪オカッパで愛らしい顔立ちの女の子が、嬉しそうにしつつも心配してくる。

「財布様がおられるから大丈夫です。壺ごと二つ下さい」

にっこり笑う私。

「財布って言うな」

半眼で睨まれる。

「えと、お値段というか、嵩張《かさば》りますが」

「大丈夫です。お父さんが冒険者でいっぱい入る魔法の袋あるから」

私はコソコソと小声で言った。

「まあ！　じゃあ大丈夫ですね」

ホクホク顔になった売り子さん。

「黒い色の醤油とかいう、辛い調味料はありませんか？」

「？　それはございません」

残念、無情である。

見渡しても米らしき物も無い。

ん？

「あの、これは売り物ですか？」

小さい松の木の盆栽を見つけた。

「はい、店の飾りのつもりですが帰りに荷物になるので売っても良いですよ」

「これも下さい」

値段を気にせず買えるって貴族みたいで素敵！　貴族だけど！

「支払いだ」

そう言って、後ろの大人を振り返る少年。

冒険者風衣装を着た大人の男性が、一人近付いて財布を少年に手渡す。

お前の用心棒だったのか。

命令し慣れてる雰囲気だわ、やはりかなりの富豪か。

「はあ、何でこんな物欲しがるんだ？」

盆栽を見て不思議がる富豪様。

「可愛いでしょ」

「分からん」

どこが可愛いんだという顔。

まあ、いいわよ。実は大きく育ててみたいのよね。

「売り子さん。あなたいつもここでお店を出してるの？」

「名をヨリコと言います。遠くから来ているので年に一回くらいです」

「じゃあ千載一遇だったのね」

いつもいる訳じゃないと。

しかし、ヨリコさん？　日本人みたいな名前だわ。

一応試しに。

「富士山、琵琶湖」

と、ポツリと呟く。日本人が知ってそうな単語を。

しかし首を傾げて不思議そうに何ですか？　って返された。

転生者が味噌を頑張って作った訳ではないのか。

「気にしないで、幸福のおまじないよ」

しらを切り、お店の名前も聞いておく。

「アズマニチリン商会です」

ほう、東、日輪？

「覚えておくね」

「ありがとうございます！」

売り子さんと私はお互いに嬉しげに笑った。

「あ！　美味しそうな果物！　美味しそうなお野菜！　美味しそうなお魚！　美味しそうなお肉！」

更に……あれ？　小豆っぽい豆が有るのも見つけた。

「小麦粉とバターはいるわよね！　お塩も、あ、お砂糖もある」

次から次に目についた物を確認して、一人で騒ぎ立てる私。

胡椒は見つからない。

「お砂糖も買うけど、大丈夫？」

お砂糖はわりと高いので、一応支払い担当君に聞く。

「ふん、買うが良い」

ラッキー。

次から次に、よく分からない物までお買い上げ。

「おい、アリア、ほどほどにだぞ、ちゃんと遠慮をするんだぞ」

砂糖まで買わせたせいか、お父様が気遣わし気に釘を刺してくる。

「してます」

「ハッ、この程度、どうという事もない」

と担当者は言い放ち、少年は胸を張る。

買ってるのはほぼ食べ物ばかりだから、まだ余裕有りそうな富豪様。

「おじさん、氷買いませんか？」

お魚屋さんに声をかけてみた。

「氷なんか持ってるのかい？　あれば有難いから買うよ。やや遠くから来たお客さんも安心だ」

お父様を振り返ると魔法の袋（嘘）から氷を出してくれる。

塊と砕いたの二種類とも。

「おお、立派な氷だね、銀貨二枚でどうかね？」

銅貨じゃないからそこそこの値段かな。まあ元になった水が無料の井戸水だし、良いか。

「良いわ」

同様の事を他の肉屋でもやった。

「よく氷なんか持ってるな」

富豪様がお父様を見上げる。

「俺は冒険者だから、雪深い山の洞窟から氷の塊を取って来てたんだ」

お父様もしれっと嘘を吐く。

「へえ、なかなかやるじゃないか」

何目線で上から言うのかこの坊やは。

「あ、あそこ布を売ってる、ここはおとーさんが出してね？　おかーさんへのお土産だから」

縫うのは私だけど。

「もちろんだ」

良い声で返事を返してくれる。本当に良い声。

「おかーさんは何色が好き？」

「青とか紫かな」

などと楽しく会話しながら生地を選ぶ。きゃっきゃっ♡

深い青と淡い紫の綺麗で上品な色の生地と、薄いオーガンジーのような生地も追加でお母様用に購入。

「あ、可愛いリボン」

白と水色の二種類のリボンを手に取って見る私。

「それも、お前の母親用か？」

「これは……私用」

「ならそれは俺が払う」

少し照れながら言う少年。

「ありがとう。じゃあこっちの白ときなり色と水色とスモーキーなピンク色と濃紺の生地も。レースも私用なので宜しくね、ガイ君」

にっこり微笑んでおねだり。

「い、良いだろう！」

「かっこつけてくれてありがとう。素敵よ」

「毎度ありがとうございます！」

生地屋さんも満足げ。

そして他のお店で屋上菜園用の植木鉢を複数購入。

さらに串焼きの屋台の前で立ち止まる。

「あ、串焼き美味しそう！　小腹が空いたからこれ買って！」

「よし、俺も食う」

お父様は自腹で自分の分を買った。

こっちに便乗すれば良いのに。

私と富豪様が串焼きを食べようとする。

すると富豪様のお付きの人が、一人後方から出て来て彼の持つ串焼きを奪って、先っぽを一口食べて、「まあまあだな」と言って返した。

店の人の前で堂々とまあまあとか言うな。

「この串焼き美味しいです！」

私は店の人に聞こえるように言う。

「ありがとうよ、お嬢ちゃん」

串焼きのおじさんも、これにはニッコリ。

最後にポーションと薬草を購入。

「お前冒険にでも出る気か？」

「さあ？　でも備え有れば憂いなしよ」

呆れ顔をする富豪様だけど、私はなんとなく欲しかったのだ。

ここは剣と魔法の世界だし！

「この辺で市場の買い物は終わりよ。どうもありがとう、ガイ君」

私はポケットからハンカチを取り出す。

「お礼にこれあげるわ」

「リスの刺繍のハンカチか？」

ハンカチの刺繍を、まじまじと見入っている。

どんぐり持ったリスの刺繍よ、可愛かろう。

「お財布の生地に使うとあなたのお家、ますますお金が稼げて貯まるかもよ？　リスは蓄える動物だから」

　ご利益があるかも。

「それなら自分で持っておけばいいだろうに、まあ貰っておくがな！」

　もう絶対に返さない、離さないといった勢いで自分のポケットにしまうガイ。

「まあ、そのリスのおかげなのか殆どの支払いは貴方がしてくれたじゃない？」

　出費が抑えられた。

「な、なるほど！」

　彼が納得したような顔をした所で、私は彼に手と背を伸ばし、頭をくいっと引き寄せて、頬にキスをしてあげた。

　ちゅっ。

「……え⁉」

　頬を押さえて耳まで真っ赤になる少年。

「私、将来絶世の美女になる可能性高いから！　あなたのお友達が将来、可愛い彼女の自慢とかして来たら、俺も将来の絶世の美女（見込み）にキスして貰った事あるって誇ると良いわよ！」

　すっと、ガイ君から距離を取って、私はなおも言葉を続けた。

「金貨一〇〇枚積んでも普通は貰えないキスだから！　じゃあね！　ガイ君！　今日はありがとう！」

　天使の笑顔で手を振る。

お買い物のお礼はこれで済んだ。

唖然とするお父様と少年のお付きの人達。

少年は真っ赤になって、まだ固まっている。

見上げる空は青く澄んでいて、春の陽の光が降り注ぐ。

明るい日差しの中で立ち尽くす少年を置き去りに、私はスカートを靡かせて、軽やかに道を行く。

あとは王都のお医者さん、病院に氷を売りに行って帰還するだけ。

——ああ、楽しかった！

市場から帰って

「まあ、ティアったら、見ず知らずの少年にそんなに支払いをさせてしまったの？　良くないですよ」

ティータイムで小休止しつつ、お母様に市場の件を報告して、お説教をくらう。

美しい女性には「めっ！」って言って優しく叱って欲しい。

「お母様、叱るなら「めっ！」って言って下さい」

「？　めっ！」

少し照れながら言ってくれた。

……本当にありがとうございました。

心の中では満面の笑顔な私。

「はい、すみませんでした」

とりあえず表向きは真面目な顔で謝罪する。

「ですが、何とかして節約出来る所はして、書類仕事を手伝ってくれる文官を雇いたいのですよ」

(苦労してる家令が気の毒なのです)

「富豪の財布の中身が多少犠牲になりましたが、経済を回すのは、悪い事では有りません」

「文官な、それについては私も悪い……私が不甲斐ないばかりに……」

お父様が切ない顔をする。

領民に重税を課したくないから。

「瘴気の影響はお父様のせいではなく、魔物のせいです。民は生かさず、殺さず。みたいな考えの支配者階級が多い中、なんとか生かそうとするお父様のような方は、貴重と言えるでしょう」

そういう優しさが有るから皆も慕っている。

「毎日光の神と大地の神にお祈りしてなるべく早く、瘴気の影響が消え去るように、お願い致しましょう」

もはや、神頼みするしかない規模の災厄でしょ。

あ、イケメンエルフのアシェルさんに変装の魔道具を返却。

ありがとうございました。

＊＊＊

遅めの昼食には、フライドポテトとハンバーグとサラダ。

とうもろこしと葉物野菜のサラダは最近の定番。

レモンと塩とオリーブオイルのドレッシングでいただく。

ハンバーグにはケチャップとマヨネーズを混ぜたソースをかけた。

「ふむ、今まで食べた事が無い料理だな」

「本当に」

お父様とお母様はハンバーグも気に入って下さった。

エルフの口にも合った！

「うん、美味しい」

「お肉を細かくして焼いたもので、ハンバーグと言います」

「ティアが考えたのか」

「いえ、夢の中の……図書館で……」

地球人のどなたかが考えた料理です！　とも言えず、

「教会、神殿の人間には夢の図書館の事は言ってはいけないぞ」

真面目な顔で言われる。

「……言うと捕まるんですか？」

怖い。

「神の使いか聖女か何かだと思われて、神殿が欲しがるだろう」

中身ただのオタクなので、

「聖女とかありえません」

と、キッパリと否定をしておく。

それにしても、ひき肉を作って貰ったんだけど、肉をこう、細かくするのが包丁。

人力なのでフードプロセッサーとかミンチが作れる挽肉製造機、道具が欲しいって思った。

無ければいずれ開発するしかないか。

うーん、お金の匂いがします。

なお、夜の為にお味噌にお肉を漬けておく。

豚肉に味噌、お酒、砂糖、生姜、蜂蜜《はちみつ》、ニンニクすりおろしを使用。

……味醂《みりん》が無かった。無いものは仕方ない、蜂蜜で代用。

夕方には畑とプランターに、念願の苗と種を植える。

庭師のみならず、門番さんやメイドや執事まで手伝ってくれた。

皆ありがとう。お野菜よ、すくすくと育って下さい。

「どんな具合だ？」

お父様が様子を見に来て下さった。

「皆が手伝ってくれたので今のところ問題有りません。ただ、苗を荒らしに野生動物は来ませんか？」

「瘴気の影響で動物には他領の方が人気だろう。うちの城壁も門番も突破出来ないし」

「悪意無く、食べ物探しに来てるだけの鳥でもですか？」

「鳥。そうか鳥は庭園で、木の実や虫を食べに来ていたな」

たまに巡回して気をつけよう。蒔《ま》いた種を食べられないように。

「虫だけ食べてくれたら良いのですが」

「そうだな」

というか虫はどっからともなく現れるな。

益虫以外はご遠慮下さい。

高く遠い空を見上げてみても、瘴気の影響は見えない。

「んー、……夕焼けが綺麗だな」

そう言って体を解《ほぐ》すように一つ伸びをし、夕焼けを眺めるお父様が、凄まじく絵になる件について。

逆光。漫画なら上段アップでお姿が描かれてる。

一ページ丸ごとかもしれない。尊い。

スマホで撮影したい。

綺麗な夕焼けを眺めながら空に大地に祈る。

野菜がすくすくと育ち、皆健康で幸せでありますように。

そしてずっとお父様のそばにいたいな、できれば嫁に行きたくない。

いつか城を出て絶対結婚しなきゃいけないなら「徒歩圏内に家建てて住みたい」とお父様に言っ

たら「っはは、徒歩圏内って」と、笑われた。

だっていつでも顔が見たい時に見られるように近くにいたいんですよ。

でもこのお城はいっぱい部屋空いてるから、子供部屋にずっといて、お父様のお仕事のサポートしてても良くないですかね？

なんなら文官の仕事だってやりますし。

「ティア、そろそろ城の中に戻るぞ」

小さい私を気遣って、柔らかい土の上をゆっくりと歩く。

「はーい」

お父様の声と広い背中を、ひたむきに追いかける。

＊　＊　＊

夕食は昼に仕込んでいた味噌漬け肉を作って焼いた。

具が玉ねぎしか無いけど、お味噌汁も作った。

両親には両方とも初めての味だったけど、大好評でした。

お味噌が口に合って良かった。

アズマニチリン商会ありがとう。永遠に栄えて下さい。

しかし、豆腐とわかめが欲しい。

あ、味噌の上澄み液は別にして取っておいてある、お父様の亜空間収納に。

＊＊＊

翌日。

朝から野菜苗の水やり、植物には音楽だか歌だかを聞かせるとよく育つという言葉を思い出し、こちらの世界で私がぐずって泣いてた時にお母様が歌って聞かせてくれた歌を思い出して歌う。

苗達は朝日を浴びて、キラキラと光って見える。

「……おはよう、ティアは歌が上手だね」

いつの間にかアシェルさんが近くにいて、眩しげに目を細めて褒めてくれた。

流石エルフ、植物のそばが似合うなあ等と思いつつ、

「おはようアシェルさん、褒めてくれてありがとう」

挨拶と笑みを返す。

「そのゆったりとした様子だと、アシェルさんは当分ライリーのお城に滞在してくれるの？」

「部屋が沢山余ってるからここを拠点にして活動して良いとジークが言ってくれたんだよ。魔の森で狩りも出来るから当分いるよ」

「嬉しいです」

ふふふ、目の保養。

朝から麗しいエルフに会えるって、素敵なログインボーナスのようなもの。

庭園のお花を選んでお供えして、お祈り。（夜も寝る前にお祈りします）

朝食はベーコンエッグと付け合わせに、コーンスープとトマト入りサラダ。

盆栽の松の木は大きく育てたいので、鉢から出して裏庭に植えさせて貰った。

水で薄めたポーションもかけてみた。

わざわざポーションを使ったのは意味がある。

生命力を活性化させて出来れば早く育って欲しいのだ。ある野望の為に。


お昼。

「お嬢様、今回は何て料理を作られるので？」

料理人が目を輝かせて聞いて来る。

最近料理が美味しいと、城の人達にも褒められてやる気に満ちている。

「ピザよ、材料はメモにある通り。お湯は沸かしてあるわね」

「はい、準備してございます」

「小麦粉、砂糖、塩、ぬるま湯。トッピング具材は……オリーブオイル、ソーセージ（豚の腸詰め）、それとトマトソース、チーズ、バジルの葉、全部ありますか？」

「はい！」

「ボウルに薄力粉、砂糖、塩を入れてさっと混ぜて、ぬるま湯を中央から少しずつ加えて、混ぜて、そう、そんな感じで……粉類を混ぜ終わったら、湯を入れるために中央をくぼませて」

……と、次々に指示を出して行く。

湯はしっとりするまでさらに少しずつ加えて混ぜる。

「力を入れて体重を生地にのせる。生地が手につかなくなって表面がなめらかになるまで、しっかりこねる」

こねこねこね。

「そして生地をまとめて……」

などど細かく指導していき、厨房の人にピザの作り方を覚えて貰った。

チーズとソーセージのピザが食堂のテーブルに並んでる。

飲み物は例によって氷入りレモン水を添えて。

「美味しそうな香りがする」と、お父様が嬉しそうだ。

「美味しいと思うので食べてみて下さい」

私もワクワクしている。

「美味しいな」

「ええ、本当に、美味しいわ」

両親共に口に合って良かった！

「やはり餌付けされそうだ」

エルフは餌付け可能なのか。

ピザも好評。家族もイケメンエルフも口々に褒めてくれる。

おやつの時間には、富豪の美少年ガイ君が奢ってくれた苺でクレープを作る。

生クリームとフルーツの組み合わせは最高。

市場に苺っぽい果物があったから買って貰ったの。

前世で本来は苺は野菜に分類されると、どこかで聞いた気がするけど、果物と考えた方が、テンションがあがる。

「これ、とても美味しいわね」

クールビューティーなお母様も女性らしく、スイーツ系には弱いみたい。

クレープを食べ終えると、うっとりと息をつく。

お母様と言えば、ドレス用に確保している布は、しばらくお父様の亜空間収納で眠っていて貰う。

たまに自分で忘れかけるけどまだ四歳児なので、流石に貴族ドレスを作るのはおかしいと思って。

ちなみに草木染めのワンピースは両親とも「よく出来たね」って褒めてくれたけど、ほぼメイドが作ったと思い込んでる模様。

多分日々の書類仕事で疲れてて、深く考えていない。

勘違いの件は都合が良いので、誤解させておく。

満ちていくもの

(ジークムンド視点)

食事を終えて、執務室へ向かう廊下を歩きつつ、考えを巡らす。

……うちの娘なんだかやはり、頭が良すぎるな。

発言が大人みたいというか。

普通四歳の子供が「民は生かさず殺さずという支配者階級が多い」だのと言わないだろう。

しかし間違いなく、俺とシルヴィアの可愛い子供だ。

「お父様！」

タタタタッ。

勢いよく、可愛い我が子が駆け寄って来る。

「どうした？　ティア、そんなに慌てて」

「春の次は夏が来るんですよ！」

「それがどうかしたか？」

当然だろうに。

「暑くなる前に、一緒に寝て下さい！　添い寝！」

おっと、突然の甘えんぼ発言。

「月に三、四日で良いので！　寝る前に御本読んで、寝かしつけて下さい！」

ひし！　と私の足にしがみつく。

可愛いな。

「月に三、四日くらいなら、構わないぞ」

どうせ妻がひと月の内、数日は女性のあの、月の物で寝所を別にするし。

天使のようなプラチナブロンドの髪を撫でてやる。

「ありがとうございます」

花が綻《ほころ》ぶように笑う。うちの娘が天使過ぎる。

天使が人の子の中に入ってしまったのかもしれない。

天界に返す気は無いが。せめて……寿命までは。

ティアを抱え上げて、執務室に向かいがてら話をする。

「なんの本を読んで欲しいんだ?」

「有れば魔法書の……治癒魔法の本とか」

「残念ながら無いぞ」

魔法書は貴重なのでな。

「では神様の伝説の本とか」

なんだ? やはり天使なのか?

「さもなくばライリーの歴史の本、資料でも良いです」

「急に趣きが変わったな」

「どうせ歴史は貴族の教育として学ぶのでしょうし、自領の事は、勉強しておいて損は無いかと」

「確かに。だが、まだ四歳でよく知らないだろう。この世界全体の大まかな歴史を先に学んだ方が良い」

「それもそうですね」

普通に納得したようだ。

「まあ私、お父様のいつもの良い声で読んで聞かせてくれるなら、実は内容は恋愛小説でも良いんです」

「恋愛小説の朗読は……流石に恥ずかしいからやめてくれ」

照れる。

「そうでしょうね」

クスクスと笑う。

執務室に着いた。

「私はこれから仕事だ」

「書類の仕分けを手伝いますよ」

などと言う。

やはり天使か。

「家令もあの雛形を使うようになって、見やすくなり、効率が上がったと言っていたよ」

ガチャリと重い扉を開ける。

「旦那様、お嬢様、おはようございます」

「以前より顔色が良くなったな、コーエン」

「お嬢様のおかげでしょうな。ところでお嬢様の礼儀作法の先生はどうなさいますか？」

家令がそう言うと、

「家庭教師を雇うとお金がかかるのでお母様を参考にしますよ」

と、あっさりと返すし、さらに続けて、

「そもそもテーブルマナーも、私はお母様を参考にしています。絶世の美女の元伯爵令嬢のお母様から教わるって、贅沢ですね！」

うふふ！　と嬉しそうに笑ってる。

「相手役の貴族はお父様で」

「ん？」

「挨拶ですよ、お母様がドレスの裾をつまんで挨拶する相手。そしてこんな美しい方とお会い出来て光栄ですとか言うんですよ」

上気した顔で、はしゃいでいる。

「本当にこの子に今更挨拶のやり方とか教える必要があるんだろうか」

「まあ、お嬢様は大変賢くていらっしゃいますが」

「ありますよ！　猛烈に望んでいます！　念の為、お父様には王様役と王子様役と公爵様役などやってもらって、練習したいです」

なんだ、多いな？

「デビュタントなるものも、いずれ行かないといけないのなら。引きこもってて良いなら別に良いですけど～」

「いや、それは……」

なんて脅し方するんだ。

「仕方ないな」

「やりました！　コーエン、言質《げんち》取りました。証人ですよ」

「心得ました、お嬢様」

家令と結託された。

うちのティアって頭良すぎるよな？

そう、妻の部屋で二人きりの時に聞いてみたら、

「たまに死にかけた人間が、前世の記憶を思い出すという話を聞きます」

それなのでは？　との事だ。

薄紫の天蓋付きの寝台に夜着で横たわったまま隣にいる妻の美しい青銀の髪に指を入れてさらさらとした感触を楽しんでいる。

「知らない料理などの知識は？」

「異国の者だったのでは？　……しかも知識量からして、平民ではなく、貴族じゃないかと」

妻は思案を巡らせながら、言葉を続ける。

「別に違う人間の魂があの子の体を乗っ取ったとは思いません。あの子は高熱を出して死にかける前に、私が歌ってあげた歌を覚えていて、歌ってましたし」

時おり畑の方からティアの綺麗な歌声が聞こえて来ていたが、妻も聞いていたらしい。

「あなたへの愛情も確かです。これは揺るぎようがない真実でしょう」

「君の事もあの子は大好きだよ。シルヴィアから礼儀作法を教わりたいそうだ。いずれシルヴィアの為にドレスを縫うのだと布も買ってある」

「あら、令嬢に職人みたいな事をさせて良いのかしら」

嬉しさと心苦しさを混ぜたような複雑な顔をしている。

「仕立て代にお金を使うより食費に回したいようだし、しかし君には、美しいドレスを着せたいらしい」

妻のアイスブルーの瞳が潤んでくる。

「……」

なんと言えば良いのか分からなかったのか、妻は黙って俺の胸元に顔を寄せる。

言葉をかける代わりに抱きしめた。

窓の外には三日月が輝いている。

徐々に満ちてくる月は発展を意味していて、祈れば幸運を呼ぶという。

耳にはティアの歌声が蘇っていた。

優しく美しい音。

愛する者達の幸運を……三日月に祈った。

子猫のような子犬のような

野生の酵母を培養した「天然酵母」を使ってパンを焼いた。

柔らかいロールパンとバゲット。

なかなか上手く焼けた。

バゲットにはハムやチーズとゆで卵のスライスやレタスを挟む。

見た目がオシャレで映える。

バリっとした食感が美味しい、バゲットのサンドイッチである。

それとバゲットにニンニクと完熟トマトを擦り付け、オリーブオイルと塩をふりかける料理。

パンコントマテ《pan con tomate》。

スペインのカタルーニャあたりで、よく食べられるそうな。

私は有名動画サイトで、海外にて国際結婚した日本人の方の動画で知った料理。

なんかオシャレだなって覚えてた。

ロールパンは前世で料理めんどい時に、よくスーパーで有名なメーカーの袋入りを買って食べてた。

今回は手作りだから、焼きたてを食べられる。

うーん、良い香り、焼きたてパンの香りは幸せの香り。

お父様がいつも通りに庭園の芝生ゾーンで早朝鍛錬してる。

なので、お風呂で汗を流して貰ってから、庭園のガゼボに朝食のパンをセッティング。

たまにはお外で食べても良いでしょ。

季節は春で、花いっぱいのうちに満喫しないともったいないないし。

「酸味がきいて、さっぱりとしたお味ね」

お母様はパンコントマテを気に入ったみたい。

「や、柔らかい、美味い」

ロールパンの柔らかさに感動する父。

シンプルイズベスト?

「うーん、パンも美味しいし、いっぱい挟んであって満足」

エルフのレビューがやや雑だけど、喜んでくれて嬉しい。

パンのお供は今日は紅茶とリンゴジュースの二種。

紅茶はメイドのアリーシャがいれてくれる。

良い香り。

庭園の植物、お花、美男美女を眺めながら食べる焼きたてパンは最高!

りんごジュースも美味しい。

「焼きたてのうちにアリーシャもパンを食べてみて?」

私はアリーシャを促す。

「ああ、アリーシャも食べてみろ、美味しいぞ」

お父様が同席を許したので、メイドのアリーシャも一緒に焼きたてパンを食べる。

辺境ゆえの緩さが私は好き。

「お、美味しいですね。とても」

アリーシャがふるふると小さく震えてる。

「軽く震えてるけど、震える程美味しい？」

はわわ、みたいな顔してる。

「はい、お嬢様は天才ですね」

「ううん、別に」

地球のどなたかの知恵を借りただけよと、思いながら首を振る。

「ご謙遜を」

「謙遜してない」

などと言いつつ、美味しく楽しい食事タイムを過ごした。

ちなみにニンニク料理の匂い消しにはりんごジュースですよと言ったらお母様がハッとした顔で、紅茶を置いて、りんごジュースを手に取った。

その姿を見て、お父様もりんごジュースを飲んだ。

キス……でもするのですか？

仲が良くて、大変結構です。

＊＊＊

後日、念願のお父様の読み聞かせ添い寝の日。

ばんざーい！　待ちわびた。

昼には今夜ならいいぞ？　とお父様に言われてはしゃいで、筋肉質のお父様の腕にぶら下がったりもした。

執事やメイドにそのはしゃぐ姿を見られて微笑まれた。

上品とは程遠いけど今日は許して欲しい。

夜の帳が下りて来て、お風呂に入って、自室の祭壇で日課のお祈りをしてからお父様の寝室へ向かった。

夜着は白でロミジュリのジュリエットが着てたような服。

お父様の部屋の扉をノックしたら、風呂上がりのイケメンが出て来た。

容姿ＳＳＲのお父様である。

漫画のシーンなら、後ろに花を背負ってる。

脳内でペンライトや団扇振りたいレベルのお祭り状態。

しかしあくまで表向きは天使の笑顔の私。

私も顔面ＳＳＲなのだ、崩しはしない。令嬢の誇りにかけて。

今夜のメインは風呂上がりのイケメン鑑賞会ではなく、推しのイケボによる読み聞かせですよ。

この世界の歴史のお話。

推しの美声聞きながらだとお勉強も楽しい！

「……というわけで、この辺でお話はおしまいだ、寝なさい」

柔らかい声音で話し終えてベッドサイドに歴史の本を置くお父様。

イケボは満喫出来た、ヨシ！

後はひっついて寝るのだ！

ひし！　と抱きついて脇腹あたりに頭を擦り付ける。すりすり。

「猫みたいだな」と、笑われる。

「猫と言えば大好きなので、いつかお金に余裕出来たら飼いたいのですけど、優秀な獣医さんがどこにいるか知ってますか？」

「獣医……」

と言いつつお父様は思案顔。

「いますか？」

「馬などは人の足代わりになるから見てくれる医者はいるが、猫を見てくれる医者は聞いた事が無いな」

「……可愛いのにな」

「人間を診てくれる医者もそう多くはないからな」

平民の識字率が低いせいかな。

いつかどうにかしたい、医者が少ない場所は不安だ。

せめて、自分で治癒魔法使えるようになればなあ。

私はお父様の脇腹付近にひっついて寝てるけれど、脇の下に挟まって寝る犬を思い出す。

股の間にも挟まってくる。

ありとあらゆる隙間に挟まりたいのかってくらい挟まって来た、前世の実家で飼っていた犬を思い出した。

かつての家族は犬派だったのだ。

もちろん犬も可愛いし、大好きだけど、今生では猫を飼いたい。

プニプニの肉球を触りたい。

ラグドールとか、ノルウェージャンフォレストキャットの長毛種が憧れ。

こちらの世界に居るかな?

いつかふわふわの猫を飼うのが夢。

お父様の温もりを感じながら、眠りに落ちる。

……至福。

＊　＊　＊

庭園の緑が濃くなって来た初夏に見つけた、お城の本棚の中にあった一冊の本。

いつからあったのか、誰が買ったのか分からない。

先代の領主一家の誰かの残した物だろうか。

本には手紙が挟まっていた。

申し訳無いと思いつつ、中身を見ると、恋文だった。

差し出し人にも宛先にも知らない人の名前が書いてある。

何故本の中に恋文が挟まっているのか。

宝物の中に宝物をしまったのだろうか、分からないけれどロマンスを感じる。

この本は「緑陰《りょくいん》」というタイトルの詩集だった。

……恋で思い出したけどお母様、まだ二〇代の花の盛りでは!?

この世界は婚期が早いし、既に最愛の人と結ばれてはいるけど、早急に金策をして、新しいドレスを贈りたくなった。

デザインだけして人に縫ってもらう?

布はもうある。

新しいドレスを着せて、景色の良い所でお父様とデートとかさせてあげたいし、私もピクニックとか行きたい。

となれば、ひき肉作る機械と井戸水を汲み上げるポンプの設計図を描いて、完成品出来たら、商業ギルドに売る?

私は前世でオタクだったので、異世界転移ファンタジー系ゲームや小説のネタを温めていた為、知識チート用の素材を調べてはいた。

頑張って思い出して、企画書と設計図を一日くらいかけて書いた。

翌日お父様の執務室に飛び込んで用件を言う。

「お父様！　井戸から水を引き上げるポンプと、ひき肉を作る機械の試作品を作って貰う予算は有りますか⁉」

捲し立てるやいなや、私は企画書と設計図をお父様の目の前に一瞬突き出し、それから机上に広げる。

企画書と設計図に目を走らせるお父様。

「――若干厳しいな。それらは、いくらくらいかかる物だ？」

急なお願いに驚きつつも、答えてくれる。

「詳しくはまだ素材等の値段が不明なのですよく分からないのですが、予算の件は人に資金を出して貰いましょう」

クラウドファンディング的な。

「なんて？」

「資金援助を募りましょう。完成品を優先して融通してあげるから予算出してって言うんです。お父様はドラゴンスレイヤーだし、人気有りますよね？」

「ぬう、そう来たか」

当人、苦笑いである。

「まあ、便利な物ではあるようだ。水汲みが楽になるし。――ふむ。使用時は呼び水を忘れるな。

となｌ

お父様は企画書を熟読したようだ。

「ひき肉を作る機械も、王侯貴族の家や肉屋で欲しがる者が居そうだ」

「ひき肉のプレゼンには、ハンバーグを使いましょう」

「ああ、あれは美味しいからな」

味を思い出したのか笑顔になる。

「ふむ、何人かに声をかけてみよう」

バタン！

扉が勢いよく開け放たれた。

「話は聞かせてもらった！　私も出資しよう！」

「アシェル！」

「アシェルさん！」

突然現れたイケメンエルフ。

「さっき魔の森で狩った素材を、ギルドで換金して来たばかりだ！」

「扉越しによく聞こえたな、さっきの話」

「伊達に耳が長い訳じゃない」

地獄耳だったの？

「でも助かります！」

正直本当に助かるので私は喜んだ。

「私はとりあえず金貨三〇〇枚出そう！」

ジャラン！　と金貨入り袋を亜空間収納から取り出すエルフ。

「もうこの人、いや、エルフだけで良いんじゃないです？　試作品分の予算だけなら。完成品の見本を見たら商業ギルドも予算出しそうですし」

「そうなのか？」

「なんとなく。もう設計図は有るので、後は腕の良い細工師や鍛冶屋とかご存知無いです？」

「いるな、冒険者時代に世話になった頑固親父が」

「ところで四歳のティアの名前で商業ギルドに登録するのは、無理があるんだが」

「お、お父様かお母様のお名前を借りられませんか」

すぐ忘れるけど、今四歳だった。

まあ、そうなるかと、お父様は腕を組んだ。

「しかしどうして急にこんな金策を」

「お父様とお母様を景色の良い所でデートさせたいし、早く文官雇いたいし。私もピクニックとか行きたいので」

「文官、そうだな、大事だな」

父は領主の顔をして神妙な顔で頷いている。

「デートとピクニックも忘れないで下さい」

釘を刺す私。

「も、勿論だ」

顔がやや赤い。照れてるっぽい。男前系なのに可愛いな。

「なお、デート用にお母様に新しいドレスを贈りたいのです。ドレスのデザイン画は私が描きます、生地はもうあります」

矢継ぎ早に言い募る。

「ちょっと急ぐので、今回はドレスを縫うのはお針子に任せましょう。お針子には当ては有りますか？」

「それについては私の知り合いが居ます」

アリーシャがトレイにお茶をのせて、エルフが開け放ったままの扉の後ろに現れた。

この城の人は突然現れる。そしてお父様が許可を出した。

「入って良いぞ」

「失礼致します。お茶をお持ち致しました」

私達はお茶を飲みながら話を詰める事にした。

「ところでデートって、どこに行きたいのだ？」

「景色の良いお花畑とか……あ、海って瘴気の影響は有りますか？」

「海は広く、水神と海神の加護で守られてて、瘴気の影響は無いと聞いている」

ほー。

「……時に塩は、国の専売ですか？」

海と言えば思い出す塩。

「いや、そんな事は無いが」

——なるほど、良いことを聞いた。口元が笑みを刻む。

「何か企んでる顔をしているな？」

お父様が私をじっと見ている。

「いつも通り、私は可愛いでしょう？」

ニコリ。

「確かに……とても可愛いが」

「それよりなるべく早く、細工師や鍛冶屋に連絡を取る準備をして下さい」

塩の企みは一旦置いておく。

家令が速やかに便箋を用意して持って来た。

——とにかく金策ですよ。

具体的な金策としては……異世界転生となれば……アレよね？

現代知識を用いて、まずは井戸の水汲みが楽になるポンプ開発作成とか、便利な調理機器あたりの開発がテッパンかしら？

とりあえず差し当たっての目標は……食卓が侘しく無い程度の肉魚野菜が不足なく摂れるくらいの資金調達から。

それとシーズンごとに数着分はお母様のドレスが新調出来るようにしたいな。

私がまだ子供だから出来る事が限られてるし、出来る事からコツコツと。

あ、便利器具開発なんかは大人の名義を借りるしかないわね。

この辺はお金に関わる事だし、信頼出来る身内……お父様に開発者のロイヤリティ的なものが入るように、お父様の名前を借りたいとお願いしないと。

初夏の服

「お母様、服のデザインに希望は有りますか？」

今日はお母様のお部屋に、お伺いを立てに来た。

「特におかしなデザインでなければ、金策を頑張ってるのはティアだから、好きにして良いわ」

寛容だ。

「ありがとうございます！」

やったー！　好きにしていいらしい。

気を良くして自室に戻る。

机の上に画材を並べて……。

美しい鎖骨と肩を見せるボートネックのリゾートワンピースドレスのデザイン画を描く。

ボートネックとは鎖骨のラインに沿って、横長に緩くカーブのかかったネックラインの事。

袖は透け素材で抜け感を出す。

肩出して胸の上辺の生地と同じ位置から袖が付いてるやつ。

後ろ側は肩甲骨も見える、セクシー。

スカートの裾は柔らかく広がるように、涼しげに。

海まで馬車移動だろうし、あまりしんどくない服。

まあ、お母様の腰は元から細いからコルセットなど不要。

……はあ、お母様は美しいから楽しみだな。新しく綺麗なお洋服を着せるの。

ふふふ。

画材を片付けて裏庭と屋上の野菜苗の様子を確認に行く。

……うん、順調に育ってる。良かった！

ところで、ポーションをかけた松の木の元盆栽が成長著しい。

ポーション凄い。

私が研究者なら学会に発表出来る。でも今は秘密。

この件はお金の匂いがするから慎重に。

ふと裏庭の井戸が目に入る。

そう言えばイケメンエルフのアシェルさんは資金を出してくれるけど、庭付きの持ち家は有るのかな？

井戸のポンプの恩恵は、受けられるのかしら。

城内に戻る。

ちょっと仮眠を取ってから刺繍を始める。

今のところ資金出してくれるアシェルさんには、たいして出来る事は無いけど、せめてもと感謝の印に祝福と幸運の祈りを。

お守り効果が有れば良いなと、布に祈りを縫い止めるように。

一針一針大事に縫っていく。

コンコン。

ノックの音が響いた。入室を促すと、

「梟《ふくろう》の刺繍ですか？　お上手ですね、お嬢様」

アリーシャがお茶を持って来て、手元でチクチクやってるのを見て褒めてくれた。

「アシェルさんにあげるの、エルフだから……植物モチーフの蔦と森の賢者と言われる梟をね。気に入ってくれると良いな」

「きっと気に入ってくださいますよ」

アリーシャはにっこりとほほえんだ。

……金策に必死なんでうっかりしてたけど、まだ四歳なのにポンプやらひき肉を作る機械だのの、その知識どっから来たの？

って、ツッコミが入らなくなった。地味に怖い。

普通に夢の図書館産の知恵だと思ってくれてると良いな。

まあおそらく、私が天才だと思い込んでるんだろうけど。

まあ、今更後には引けない。

自分の周りの皆を幸せにしたいし、美味しい物を食べたいし、自領も豊かにしたい。

ついでに自分の胸も豊かにしたい。

一般的に一五歳までにしっかりとした栄養を摂らないと胸は大きく成長させにくいという事を、私は前世の知識として持っている。

さらには私は一五歳までにはしっかりとした栄養を摂る必要もあるわけで。

脇に控えてるメイド服のアリーシャの胸部をチラ見する。

彼女もお母様ほどではなくとも、たわわだ。

実は大きい胸に憧れがある。

胸は初潮の一年前から四年の間に成長が落ち着いてしまうらしい。

つまり大事な成長期までにお金稼げるようにならないとうちの場合は、貴族なのに粗食になる。

必要な栄養を摂れない。

それで胸が大きくならないのは嫌だ。

流石に母親の遺伝だけ当てにして貧乏生活は厳しい。

前世では豊かなバストになれなかったので、今回は憧れのたわわになりたい。

せっかく二度目の生を受けたんだし、過去に無理だった事にも挑戦したい。

お母様のたわわを見るに頑張ればどうにかなりそう。

今の私はつるぺた四歳だけど。

……前世は母親も貧乳だったからか……無理だったよ。

しかもかなりの偏食してた。

そもそも一五歳までにしっかり栄養を摂らないと胸大きくならないとか、前世で手遅れになってから知り得た情報よ。

将来どうしても社交パーティーとか茶会に出る必要のある貴族は、貧乳だった場合、意地悪な令嬢に「貧相なお胸よね」などと馬鹿にされかねないような気がする。

ストレートに言うのが憚られる場合には、

「あなたの領地の特産品はなんだったかしら？　――ああ、まな板だったかしら！　おほほほほ！」

みたいな事を言われるかもしれない。

お貴族様は嫌味の応酬ばかりしてるイメージがある。

偏見だろうか。

前世で悪役令嬢系ラノベを読みすぎたかな。

中世、地球でも胸が小さいご婦人は毛糸玉などを詰めたりしてたらしい。

切ない、涙ぐましい。でもそれって脱いだら小さいのバレるやつでしょ。

これも前世での事だけど胸が小さいばかりに彼氏に浮気された友人もいる。

浮気相手が巨乳で、

「だってお前、顔はいいけど胸小さいし」

などと言われたらしい。

特産品……あ、石鹸とシャンプーとリンスが作りたかったんだわ。

頑張って良い香りのする系女子を目指そう。

とりあえずは石鹸を優先。

昔の石鹸は木灰と脂が材料。木灰は水に溶けるとアルカリ溶液に変化する。

木灰に水を加えて灰汁《あく》をつくる。この灰汁が凝固剤になる。

オークのような硬い木を燃やした木灰を使った灰汁を濃縮する。

植物油を入れて洗浄力を上げて、衣類や肌への刺激を減らす。

猪とかの動物性脂より、絶対オリーブ油の方が良いわよね。香りの問題で。

香りの良いハーブも入れよう。

＊＊＊

庭でハーブを物色してるとアシェルさんが来た。

ちょうど良かった。

「これ、良かったら……」

私はワンピースのポケットから刺繍したハンカチを差し出した。

剥き出しでごめんなさい。

「……これは、凄いな。刺繍も上手だけど、守りの魔力がこもってる」

「え？　なんの呪文も、魔法もかけてませんよ」

魔法の使い方も知らない。

「いや、祝福や祈りの類の気持ちを込めて刺繍すると、そういう効果を本当に持つ刺し手はいる」

「そうなの？　お守り効果が本当にあるなら良かった。色々お世話になってるから、お礼のつもりなの」

「ありがとう、大事にするよ。――にしても、やはりティアは凄いな、今度は私と王都に行こうか？」

え？　デート？

「このお守りのハンカチを柄は変えていいから、複数作れば、魔道具屋で売れるよ」

商売の話だった。

「ええ!?　魔道具屋!?　素敵な響き！　行きたい！」

もう一度王都に行けるなら、草木染めワンピースの裾にフリルでも追加しようかな。

それくらいならたいして手間もかからない。

平民服だし、華美になり過ぎないように加減はする。

摘んだハーブ数種類と綺麗なお花を籠に入れて運ぼうとすると、

「持ってあげよう」

私からスッと籠を受け取って、運んでくれるイケメンエルフ。

「ありがとう」

お礼を言って顔を上げると、アシェルさんも上空を見ている。

「風が……湿り気を帯びている。じきに雨が降るよ」

「であれば、屋上菜園の水やりの手間が省けるわ」

あそこまで水を運ぶのは、ちょっと大変なのだ。

「確かに」

アシェルさんは、ははははと笑った。

エルフの天気予報は――ちゃんと当たった。

魔道具店と真実の色

草木染めの緑色のワンピースに、白い布でフリルを付けた。

髪や瞳は姿を変える魔道具を、また借りた。

前回市場に行った時同様に、茶色い髪と茶色い瞳に偽装。

初夏なので、ロングヘアーを涼しげポニーテールにした。

さらに、メモ帳やお財布などを入れたポシェットを身に着ける。

お父様の許可が出たので、アシェルさんと王都へ刺繍入りハンカチを売りに行くのだ。

お母様に作って貰った氷も、病院か何処かで売る予定。

アシェルさんも亜空間収納が有るから、氷も余裕で運べます。

「え⁉　眼鏡⁉　眼鏡あるの⁉」

イケメンエルフが眼鏡してる！

「これはダンジョン産の鑑定鏡というんだよ。掘り出し物を見つけて鑑定するのに便利だからかけてる。変装にもなるかなって」

いや、イケメンエルフが眼鏡かけてさらにかっこよく目立って変装も無いわ。

イケメンが眼鏡かけてるだけだわ。

それで変装とは？

アシェルさんは初夏なので、清潔感の有る白いシャツのシンプルなお洋服に、斜めがけの大きめバッグを身につけている。

鞄のせいでちょっと学生っぽい。

髪は後ろで一本に纏めてる。私と違い、低い位置で結んでる。

暑苦しい外套は今回は無し。

「それ、鑑定鏡、鑑定しなくても特に意味もなく、たまにかけて私の前に現れて」

「何故？」

「眼鏡イケメンをたまに見たい」

エルフはおかしそうに笑った。

こちとらマジなんですが。

なにはともあれ、王都には転移陣で移動。

転移陣は教会の敷地内の塔に有る。

教会の建物周りは緑が豊かで、初夏の陽射しもキラキラしてて綺麗だった。

信者が礼拝に来た時に休む時用なのか、芝生ゾーンの木陰にはベンチも設置してある。

念のため亜空間収納にはお弁当も入れてある。

カツサンド。

良い店が有れば、王都の食堂等でお昼を食べても良いと聞いてるのだけど。

私の料理のが美味いのでは？　とお父様が言ったのだ。

お城にいる両親用の昼食用には、同じくカツサンドを置いて来た。

二人で仲良くランチデートすると良い。

王都の大通りは相変わらず人が多くて、ざわざわしてて活気が有る。

露店のお花屋さんの前でつい、足を止めて綺麗なお花のブーケを見ていると、

「あ……」

という声が聞こえた。

どういうエンカウント率なの？

市場で色々奢ってくれた富豪のガイ君が例によって、お供五人を連れて近くに来ていた。

黒髪に赤い瞳。白い肌。

前髪と襟足はやや長め、相変わらず将来が楽しみな美少年。

高貴さとやんちゃな雰囲気が融合したかのような、不思議な雰囲気の子。

「ひ、久しぶりだな、元気だったか？　亜麻色の髪の娘」

「おかげさまで、元気よ。いつぞやはどうもありがとう」

私は奢って貰った恩が有るのでニッコリと笑顔で挨拶をした。

おや、ガイ君の顔が赤い。

「今日も市場か？　というか、そっちのエルフは？」

気になる事が多いのか質問を連発される。

「今日は魔道具屋に行くの。イケメンエルフはお友達でそこへ案内してくれるの」

「そうか、魔道具屋か、なにを買うんだ？」

「買うというか、商品を売りに行くの、刺繍したハンカチを」

「なんでせっかく刺繍した物を売るんだ？」

「家計の足しに……」

「そ、そうか、苦労をしているんだな」

バツの悪そうな顔をするガイ君。

「そう言えば、よくこの人の多さで私を見つけたわね」

「前と同じ服を着ているし、……目立つし」

!!　瞬間かあっと顔が熱くなる。

「女の子に！　前と同じ服を着ているとか！　気が付いても言わない事ね！　将来恋人が出来た時に、振られても知らないからね！」

前世でやった乙女ゲームで、各攻略対象に合わせた属性の服をデートで着た時に、うっかり同じ服を選んでしまったミスを思い出した。

「前のデートの時と同じ服だな」

そうツッコミ貰った時より、リアルでキツイ！　恥！

「あ、ああっ！　よく見たらちょっと違う！　裾にフリルが付いてるな！　前回は確か無かった！」

ガイは大慌てで言い募る。

「無駄に記憶力が良いわね。あなた！」

ふん！　っとそっぽを向く私。見た目が幼くても中身女ですよ。

くっとガイの後方から笑いが漏れた。

「失言過ぎる……！　ガイ。今のは無いわ」

あははは と腹を抱える、赤茶色の髪のお付きの人。

「う、うるさいぞ！　ああ、そうだ！　金貨五枚までならその魔道具屋で何か好きな物を買ってやろう。家計を助けるための、いじらしい努力に免じて」

――ピクリ。金貨に反応する私。

「なら、さっきの失礼な言葉は許すわ」

現金な私。

「じゃあ、行こうか」

静観していたアシェルさんに促されて移動をする。

異世界の雑貨が所狭しと並んでる魔道具屋さん。

看板にはホーバート魔道具店と書いてある。

さっきの不機嫌も吹き飛んでワクワクする、綺麗な色の石を使ったアミュレット。

ブレスレット、なんかカッコいいファンタジー風マント。

魔法の杖。

色んな物が飾ってある。

「これを見て欲しいのですが」

アシェルさんが斜めがけショルダーバッグから、私が預けてた刺繍入りハンカチを五枚出す。

亜空間収納スキルを見せないよう、マジックバッグに見えるように偽装。

「おお、これは良いものだね」

魔道具屋の店主が魔導機を使って鑑定している。

「刺繍も綺麗だ」

男女兼用っぽい蔦模様三枚に男性向けを意識した鷹モチーフ一枚に、女性向けに花を刺繍したものも一枚混ぜてある。

「全部買い取ろう」

まさかの金貨五枚と銀貨五枚だった。

銀貨五枚くらいかなって思ってたから、ちょいとびっくり。

アシェルさんがこちらを向いて、親指をグッと立ててニッコリした。

気を良くした私は、ガイ君が奢ってくれる金貨五枚分のお品を物色。

ふと、ガラス製っぽいビーカーやフラスコの実験器具セットを見つけた。

アルコールランプは無いけど、網と網を支えるミニ焚火台と魔石みたいなのもついている。

「え、これは」

「ポーションとか作る薬師が使う道具だよ、火にかけても大丈夫」

火は火の魔石を使って出す。

店の主人が説明してくれる。

「耐熱処理がしてあるって事⁉」

「そうだよ」

「これ、おいくらですか？」

「金貨三枚だよ」

不思議だわ、私の刺繍ハンカチより安い。

「これ買います！」

ガイ君のお付きの人が、スッと金貨を出してくれる。

「それと、この魔道具を作った魔法師か工房の名前、教えていただけませんか？」

「はいよ、ヤネスって魔法師でメアトンって海辺の工房で働いてるよ」

「ヤネスさん。工房名がメアトン……」

ポシェットからメモ帳を出して、メモをと思ったら、――ペンが無いと気が付く。

インクを持ち歩くとこぼすかもって置いて来たのだった。

「これを」

アシェルさんが万年筆のような物を貸してくれる。

「これは錬金術で作られたペンだよ、中に既にインクが入ってて便利だ」

「え、私も欲しい。この店にあるかな」

「人気商品で入荷したら即売れてしまって、今は無いよ」

店主の無情な言葉にうなだれる。

気を取り直し、ペンを借りてメモを取る。

「文字が書けるんだな」

ガイ君がへーといった顔でメモを見ている。

――しまった、平民の識字率は低い。

「友達の長生きエルフが教えてくれたの」

アシェルさんに助けてって視線を送る。

「ああ、私は長生きで、特定の相手には親切なエルフだからね」

のってくれた。

「ふーん。しかし、もっと綺麗なペンダントや髪飾りが有るのに、そんな物が欲しいのか」

ガイ君は実験セットを紙で包んで箱に入れる店主の手元を見てから、やや不服そうな顔をして言う。

店の人の前でそんな物とか言うんじゃない。

お付きの赤茶髪味見お兄さんと似ているな、この尊大さ。

君は私が選んだ物が装飾品じゃない事にガッカリしているの？

「可愛いお守りの類は、いつか自分で作るから良いの」

――多分。

「……まあ良いけどな。それなら、残り金貨二枚分はどうする？」

「金貨二枚、そのまま貰っても良い？」

「かまわんが」

やや残念そうな顔をされるが、気にしたら負け。

お付きの人が金貨二枚を私にくれた。

箱に入った実験セットはアシェルさんに収納して貰った。

――わあ、綺麗な日傘。

ドレスに日傘に帽子等を飾る、装飾店の窓の前で私は立ち止まった。

窓は換気の為か今は開けてある。

白いレースの綺麗な日傘と扇子のセットがあった。

お母様に似合うだろうなと思った。

「あれが欲しいのか？」

「別に」

ガイ君が聞いて来たけど、

「こんななりで入れるお店じゃないし」

草木染めの古びた元カーテンの服を着ているのだ、ちょっと気後れする。

辺境伯令嬢としてのドレス姿なら入れたけれど。

私も何着かはドレスを持ってる、けど子供だからすぐサイズアウトしそう。

「ガイ、もうすぐお昼だ。家に戻ろう」

ガイのお付きの赤茶色の髪の男性が声をかける。

様は付けなくていいのか、護衛っぽい雰囲気あるのに。仲良しか。

そう言えば、いつまで付いて来るんだろうと思ってた。

「あ、人が食べてる物を一口貰うお兄さん」

私が言うと、

「ひ、人が食べてる物を一口、も、貰うお兄さんだって！」

あははは！　と、堪えられず爆笑するガイ君。

赤茶髪のお兄さんが顔を赤くしてる。

「いいから！　帰るぞ！」

「し、仕方ないな……！」

まだ笑いがおさまらないのか腹を押さえて動けないでいる。

「アシェルさん、予備のお弁当ひとつ出して」

アシェルさんがカバンの中から、カツサンドの入ったランチボックスをひとつ出してくれる。

「あげるわ。実験セットと金貨のお礼よ」

「なんだ？」

ガイ君は布で包んだ箱を受け取りながら、しげしげと眺めてる。

「私が作った料理よ」

「子供なのに、料理ができるのか」

凄いなって顔をされる。

「刺繍もできるのに、今更でしょ」

「それも……そうか」

黒髪の美少年のガイ君は、優しげに微笑んだ。

「でも、普通の子供にはさせない方が良いわね、包丁とか危ないし」

「それはそうだろう、お前は普通じゃないんだな」

「貧乏だから色々やるの」

「そ、そうか……逞しく生きろ」

などと、神妙な面持ちで言われた。

大通りでガイ君達と別れて、アシェルさんに聞いてみた。

「お弁当を教会の敷地のベンチで食べるのと、王都の食堂で食べるのどちらが良い？」

「王都の食堂の料理よりティアの料理の方が美味しいよ」

「じゃあ近くのお店でお肉とお魚とお野菜をお土産に買って、氷を売ってから、教会のベンチでランチにしましょう」

＊＊＊

「ギルバート殿下、毒見を致しますからね」

【お弁当】を手にした赤茶髪の男は言う。

「はあ、仕方ないな」

黒髪の少年は姿変えの魔道具の腕輪を外す。

美しい銀髪に澄んだ夏空の青を溶かしたような青い瞳。

そして褐色の肌が現れた。いや、戻ったと言える。

本来の色は真逆だったのだ。瞳の色も髪の色も肌の色さえも。

少年は大きい商家の坊ちゃん風の衣装から黒地に銀系で刺繍が入った高貴で上等な服に着替えた。

「……っ!!」

「どうした?」

豪華な一室のテーブルの上にお弁当を広げサンドイッチを食べていた赤茶色の髪の側近が固まってる。

「これ、もんのすごく、美味いです!!」

キラキラと目を輝かせている
「残りは全部俺、いや、私が食う、食べるぞ！」

俺は強めに主張したんだが、

「ダメです！　付け合わせのジャガイモらしきものも毒見ですから！」

ランチボックスを抱えて離さない側近。

言いながら城の執事が用意した紅茶も毒見する。

「この芋は油で揚げてあるのか、あ！　これも美味しい！　多分塩かかってるだけなのに！」

「ええい、早くよこせ！」

俺は焦れて手を伸ばす。

一通りの毒見が終わった後にようやくお弁当が手に戻って来た。

「美味い……これは、豚肉とキャベツとなんかのソースか」

「具を挟んでるパンも美味しいですよね！」

側近がウキウキとした顔で満足気に言う。

「そうだな……何故王宮の料理より美味しいのか」

こんな料理が作れるなんて何者なんだ一体？　とギルバートは訝しむ。

「……本来なら全部私の物なのに」

思わず憮然とした顔になる。

「仕方ないでしょう。貴方は我が王国の第三王子殿下なのですから。素性の分からない相手から貰った食べ物に毒見は必須です」

青を基調とした上品かつ、豪華なお城の王子様の部屋には、額装した愛らしいリスの刺繍入りハンカチが飾られていた。

それを眺めながらサンドイッチを味わっていて思い出す。

「あ！」

「殿下、どうか致しましたか？」

「あのアリアの刺繍のハンカチ、一枚だけでも買っておけば！」

「直接彼女から貰ったリスのハンカチが壁に、そこにあるではないですか。新作はまだ店頭に並んでもいなかったですし」

赤茶髪の側近は言う。

「いいから！　ハリマン！　一枚は確保に走れ！　ホーバート魔道具店だ！」

「は！　今すぐに」

忠実な執事は速やかに動いた。

「アリア……か」

未だかつて食べた事の無かった美味しい料理を噛みしめながら、小さくて不思議な、愛らしい女の子の名を、忘れないように、ポツリと小さく呼んだ。

ギルバートはまた会えると良いな……と、再会を願った。

夏の輝き

その日も朝のお祈りのお供えを取りにお庭に行く。
裏のお庭の野菜に水もあげないとね。菜園の前で足を止めて息をのむ。
……育ってる。瑞々しいお野菜が。
――ああ、良かった。
この赤くなったミニトマトと濃い緑色のきゅうりはもう収穫出来る。
この分だと屋上菜園も期待出来る。
庭師のトーマスがにこりと笑って籠を持って来てくれた。
片手には百合。百合は夏も咲いてくれるありがたい花だ。
白く輝くような大輪の百合を祭壇に飾れる。
私は「朝採り野菜だ」とウキウキしつつ収穫を始める。
朝の鍛錬をしてたお父様が声をかけてくれた。
「お、ついに収穫の時期か、おめでとう」
私は満面の笑みで応えた。
大玉のトマトはまだ緑色が残ってるからもう少し赤く色付くのを待ってから収穫する。

お城の自室の祭壇に百合とお野菜の一部をお供えしてお祈り。

「無事収穫できました、ありがとうございます」

感謝の報告をする。

今季から当家の食卓もお野菜関係は十分豊かになると思う。

裏庭庭園の分も合わせれば城内の人間分を差し引いて考えても、多少は市場販売分のお野菜の利益も入るでしょう。

豚肉一頭分くらいは補えるかも。

私は足取りも軽く厨房へ向かう。

今朝はお城産のお野菜でサラダが振る舞える。

スライスしたゆで卵も付けよう、見た目が可愛いし。

フライドポテトも揚げて貰う。

厨房に立って、料理人達に作り方を覚えて貰う。

蝶々のようなリボンの形のようなファルファッレを作る。

形が可愛いよね。

朝食はベーコンとトマトのファルファッレパスタと新鮮お野菜のサラダとフライドポテト。

美女……お母様が作ってくれた氷を入れたレモン水も添えて。

清々しい朝食の時間を終えて、朝風呂に浸かる。

午前中のうちにお母様のワンピースドレス完成の報告も受けた。

ポンプとひき肉を作る道具のお話も進行中。
こちらはまだ完成していない。工房の人も初めて作る物だし仕方ない。
さて、いよいよ海ピクニックだ！
お父様に仕事のスケジュールの調整をお願いする。
イケメンエルフのアシェルさんはギルドの指名依頼でお仕事で出張らしい。
一緒に海に行けず残念だった。
スケジュールの調整中は私も自分用に新しいワンピースを作る。
白い生地で自分で縫う。経費節約。
日傘も扇子も家、いや、城にあったものを使う。
いつか新しいのを買うから待っててお母様。
まあ、そもそもの美貌が有るからね。
大丈夫。新しい日傘が無くても美しい。
お父様用にハンカチに刺繍をする。
モチーフは蔦模様。
祝福と祈りを込めて大切に縫った。
お父様のお名前入れは、お母様に頼むね。
それはお母様の役割のような気がしたので。何となく。
完成した刺繍のハンカチは海ピクニック出発の朝に渡した。

お父様は甘やかな笑顔で「ありがとう」と言って頬にキスをくれた。

——満足。

お母様にも完成した薄い紫のワンピースドレスを着て貰う。

薄い紫の生地の上に透ける白のオーガンジーのような布を重ねてある。

妖精のドレスのように綺麗。

「素敵なドレスをありがとう。ジーク、ティア」

美しい笑顔でお父様と私にお礼を言ってくれるお母様。

裾は爽やかにふわりと広がってる。贅沢に布を使うのが貴族。

「あまりにも美しい。女神か」

お父様もそう言って惚れ惚れしている。さもありなん。

「お母様とっても綺麗」

マジ、花のように女神のように美しい。

「ティアの新しいお洋服も可愛いわね」

夏と言えば白いワンピースと麦わら帽子の少女よね、今は幼女だけど、

「ありがとうございます」

「やはり私の娘は天使だったか……」

「人間です」

お父様とそんなやり取りをしてクスクスと笑う。

ちなみにお父様の服はパーティーの夜会服とかではないから白いシャツに黒いパンツ姿。

男前はシンプルでいい、そのままでも十分かっこいい。

お母様が引き立てられてれば良い。

でも美女連れの男性って二割り増しくらいはかっこよく見えるよね。

お互いひき立て合ってる！

馬車移動は少しお尻が痛いけど、我慢。

なんかお尻が痛くない馬車を開発すべきかもしれない。

「わ――っ！　海――っ‼」

馬車の窓から海を見てテンションの上がる私。

お弁当ももちろん持って来た。

ピクニックと言えばお弁当だもの。

砂浜に打ち寄せる白い波がとても爽やか。

空も青く澄んでいる、入道雲も白くて綺麗。

夏空はどうしてこんなに胸が切なくなる程に綺麗なんだろう。

上空までは瘴気の影響は無い。

海を見ながら私が呟く。

「塩……」

「塩がなんだって？」

と、お父様に突っ込まれる。

「今はまだいいんです、それよりお母様と砂浜を歩くとかして下さい」

「なんなんだ、一体」

苦笑しつつも、言う通りにするお父様。

一枚絵だ——スチル絵だ——と思いつつ、麗しい両親を砂浜に布を敷いてメイドと一緒に眺めてる。

海ピクニックの前日には大玉トマトも赤く色付いて収穫出来たので、瑞々《みずみず》しいトマトを囓《かじ》りつつ、仲睦まじい両親を眺める。

「風を含んで奥様のドレスのスカートがふわりと広がって、絵になりますねぇ」

メイドのアリーシャも、うっとりの光景である。

「海神に攫われないようにしないと」

真面目に心配になるほど美しい。

新しい白いワンピースが汚れないよう、首にスカーフを巻いて、トマトを間食にしながら保護者のように後方から見守る私。

「お嬢様は歩かないのですか？」

アリーシャがそう言うので、立ち上がって散歩を開始。

岩場の方に移動。

岩に海藻のアオサっぽいのが見えるけど瘴気の影響あるかな～～？

危険かな～～？

などとアオサのお味噌汁が食べたい私は海藻をじっと見たり、
あ！　イソギンチャク！　小さい蟹！　ヤドカリ！

陽光を受けてキラキラする岩場の潮溜まりの光景にワクワクしたりしていた。

夏休みの少年のように。

お弁当の時間。

焼いた豚の腸詰め。卵サンドにハムとチーズとレタスのサンドイッチ。

揚げたての唐揚げとフライドポテト。

氷入りレモン水とアイスティー。

亜空間収納の食材は傷まないし、出来立てはほかほかのまま、冷たい物はそのまま保存されててマジチート。

皆とお弁当を満喫。

楽しい海ピクニックから帰還途中。

馬車の揺れでお尻が痛いので、とある村で小休止する事に。

木材が積まれている、製材場だ。

お母様は木材に興味無いから馬車でメイドと待機。

私とお父様は外に出た。

「お父様。板とか木材が欲しいです」

「板？　まあ、構わんぞ」

製材場のおじさんに板や木材を購入したいと告げる。

突然のお貴族様、しかも領主登場に驚くおじさん。

しばらく交渉してると、おじさんの奥さんらしき人が慌てて走って来た。

「あなた、子供の熱が下がらないの！」

心配そうな顔で夫に伝えに来た。

それを聞いて、私はお父様に声をかけて、亜空間収納中の販売用にストックしていたお母様作の氷を出して貰う。

「この氷と薬を子供に使うと良い」

「え、こんなたいそうなものを！　いただけるんですか⁉」

「もちろんだ」

「お父様、お薬まで持ってたの？」

「最初にティアと市場に出かけた時から、病み上がりだったし、心配だったから、事前に用意してたのがあった」

や、優しい……！　愛！

「お嬢様用の大切なお薬と高級品の氷まで譲っていただけるなんて！　木材は無料で持って行って下さい！」

おっと、木材が無料になった！

そこの廃材もいらないならもらってもいい？　おじさんにそう聞くと、好きなだけどうぞと言われた。

「板で何を作るんだ？」

「まだ決めてないけど亜空間収納にしまっておいて下さい。いずれ何かに使います」

と言っておく。

夜の帳が下りる頃、帰城。


後日。

「あの氷は領主様の奥様が氷魔法で作った氷だったらしい」

「本当にありがたかったわ」

「……子供の熱が下がって良かった」

「村の教会の神父さんに感謝のお手紙の代筆を頼みましょう」

夫婦は子供が助かって領主一家におおいに感謝した。

更に数日後、領主のお城に届いたお手紙を見て、

「私の氷も役に立ったのね」と、お母様は花がほころぶように笑った。

お母様が嬉しそうで私も嬉しいな。


夏の終わりにはポンプとひき肉器の見本は完成した。

職人さん、頑張ってくれてありがとう。

ついでに香りの良い石鹸も試験的に少量売り出す。
まだ量産体制は整ってない。
商業ギルドに話を付けて、ポンプとひき肉器の生産開始。
そして販売を始める。
私の名前はもちろん伏せてお父様名義で売る。
うちにお金が入ればそれで良い。
——さあ、実りの秋には大金が動くぞ。

秋の頃

秋。
涼やかな風が庭園に吹き渡る秋晴れの中で庭園のりんごを収穫する。
アップルパイとか作ろうか？　実りの季節って素敵ね。
結果的にポンプとひき肉器のおかげで大金が入った。
ポンプ便利だものね、王宮の井戸にも付きましたよ。
みんな頑張ったね。
この資金で石鹸を量産してシャンプーとリンスも開発しましょ。

文官も二人雇いました。

城の守りに騎士も城内に五人勤めて貰いました。

まだ少ないけど、こちらは徐々に増やして行く。

更にお父様とお母様の新しい他所行きお洋服やドレスもデザインだけこちらで描いてお針子に仕立てて貰う。

それとアズマニチリン商会にお手紙を書いて、ワカメや昆布、アオサなどの乾物が手に入らないか聞いてみる。

お味噌汁に使いたい。

秋になったら紅葉を見に行きたいなって思ってたら、お父様が王都の紅葉スポットのカエデの並木道を見に連れてってくれるらしい。

やった――っ！

イケメンエルフは新任の五人の騎士のまとめ役に城の守りでお留守番になる。

ごめんなさい、ありがとう。

お母様は私と日にちをずらしてお父様と紅葉デートに行く。

他領のお茶会に招かれているからそちらで紅葉を見る。

新しいドレスで社交できる。

上品で深い緑色のドレス。お父様の瞳の色も深い緑なの。

ふふ。

お父様の服も高貴な騎士っぽい黒地に銀糸入りのかっこいい服を仕立てる。

ちなみにお茶会は商品の宣伝も兼ねている。

合理的。

私はお父様との紅葉デートの為に渋めの赤でシンプルなワンピースを作る。

ワインレッドの生地を取り寄せた。

未だ自分用はどうせすぐにサイズアウトするので経費削減で自分で縫う。

平民擬態変装デートだ。豪華である必要はない。

＊　＊　＊

ワンピースが完成した翌日。

転移陣も使って王都のカエデの並木道に到着。

今日も私は亜麻色の髪と茶色い瞳に見えるように魔道具を借りている。

平民のフリをしてお父様と紅葉デートに行くので今日の私は偽名でアリアと名乗るし、お父様の事もお父さんと呼ぶ。

うーん、カップルが手を繋いで歩いてますね。

微笑ましい。

私はパパ抱っこ。

縦に片腕で抱っこされるあれで、鮮やかに美しく紅葉した並木道を移動している。

「わーー！　可愛い〜〜！」

「見て、あの子すごく可愛い」

と道ゆく人達が私を見て褒めてくれる。

お父様はフードを被ってやや顔を隠してる。

仮面は不審者とか言われかねないから今回は無し。

大きい男の人が小さい女の子を抱っこしてるのってめちゃ可愛いの知ってる。

私も客観視したい。

しばらく紅葉の並木を堪能した後で、公園近くにあるオシャレなカフェっぽい店でお茶をする事にした。

流石王都。オシャレな店がある。

カヌレと紅茶を注文した。美味しい。

まったりた後、店内でお母様へのお土産に新しい紅茶や、ハーブティーの茶葉とカヌレを買ってから紅葉の綺麗な公園に戻る。

公園内にはたいして大きくはないけど、屋外系のステージもある。

公園管理者に申請すればそこで歌や楽器演奏や演劇を観客の前で披露出来る。

小上がりが作ってあり、観客席には屋根は無いけど、舞台上には屋根も一応ある。

今日も何かの演劇をやっているので、私はお父様の袖を引き、ちょいと拝見。

舞台上の女優が熱っぽい目で男優を見つめてる。

演目は恋愛モノかな？

「私、あなたが欲しいの」

「お前の言葉に、俺がどれほど心乱されるか、分かって言っているのか？」

「⁉」

急に真っ暗になったと思ったら、私はお父様の大きな手に両目をふさがれた。

「子供にはまだ早い劇のようだ。移動するぞ」

お父様は私を小脇に抱えてその場を速やかに離脱した。

きっとキスシーンでも始まったんだろうな。

でも、そうだね、紅葉を見に来た公園。

家族連れより恋人同士が多いような気がする。

ヒーローショーなどより恋愛物の方が背景も凝らずに済むし。そもそもこの世界にヒーローショーみたいなものはあるのか知らないけど。

ドラゴンスレイヤーの劇でもやるならそれはヒーローショーっぽい気はするのだけど。

演劇を見るのはキャンセルされたけど、私は公園でどんぐりを拾う事にした。

可愛い。

帽子付きも見つけた。

ふふ、帰ったらお母様に見せよう。

思い出したように幼女っぽい行動をする私。

お父様は優しげな眼差しですぐ側にいて見守ってくれている。

お父様の目付きは基本的にキリっとシャープなんですが、笑うと想像以上に優しげになって萌えなんですよ――！

ふと、公園の端っこに、三人くらいの女の子がおままごとをしているのを見つけた。

子供達は食べた後のアケビやカボチャ、植物の皮部分、つまり外側を器にしておままごとの道具にしていて、さらにその中に、コスモスのような鮮やかなオレンジとピンクのお花を盛りつけている。

あ、どんぐりも入ってる。

お金をかけずともあんなに可愛く出来るなんて賢い。

「見て、お父さん、あそこの子供達のおままごと、綺麗でかわいい！」

私はお父様をお父さんと呼び変えるのを忘れない。

「ん？」

「ほら、あそこの植物の皮を乾かして器にして、オレンジやピンクのお花を入れてるやつ」

「ああ、アイデアだな。ティ……いや、アリアも混ぜて貰うか？」

「え？　ううん、今日私はお父さんとデート、せっかく一緒に遊んで貰える大事な時間だから！

一緒にもっとお土産のどんぐりや綺麗な葉っぱを探そう？」

お母様の他にもお城の人にもお土産をあげるかもしれないので、追加でもう少し探しておく。

「そうか、分かった」

私はどんぐり数個と綺麗な紅いカエデの葉っぱを二枚拾った。

「ほら、綺麗な紅いカエデの葉っぱ。押し花みたいにしてお母様にあげようかな。――あ、でも紙が高いか」

「……そうだな。いつか押し花の紙くらい気にせず使える領地になるよう、うちも頑張らないとな。でも少しくらいは押し花に使っていいぞ」

「はい。あ、もう少し帽子つきどんぐりを探して行きます」

しばらくお父様とかわいいどんぐり拾いをしていたら見知らぬ少年が私の方に駆けて来た。

「これ、やる！」

差し出して来た少年の手の中にあったのは、かわいい帽子つきどんぐりが五個。

「え？　私に？　どうして？」

「おまえ、かわいいから！」

「あ、ありがとう」

その様子を見ていたお父様は、流石我が娘はモテるなと笑ってから、

「あ、アリア。あちらの方で紅葉を眺める川下りをやってるらしいが、どうする？　一緒に船に乗ってみるか？」

川下りに誘ってくれた！

わあ！

それって川にカエデの紅葉が映り込んでとても綺麗なやつじゃない!?

楽しそう！

「行く!!」

お父様と小さなお船に乗った。

船頭さんが舵をとり、爽やかな秋風の中、私とお父様も紅葉に囲まれた川を行く。

鮮やかな紅が水面に映る。

――いい景色。きっといい思い出になる。

紅葉を見る度に、きっと私は今日のこの景色を思い出すと思う。

船から降りてもまだテンションマックスの私は、お父様のマントに自分からぐるぐる巻きになった。

セルフ蓑虫《みのむし》、あるいは簀巻《すま》き?

「な、何をしているんだ? 自分から俺のマントを巻きつけて」

はしゃいでるだけでーす!

「えへへ、今日、お父様といっぱい一緒で嬉しいから……」

お父様のマントに包まれ、顔だけ出してる私を見て、お父様は困惑した顔をした。

でも、その表情はとても優しい。

「見て、あの子かわいい〜。マントに包まってお顔だけ出してるの」

「顔がまためちゃくちゃかわいいな。俺もあんなかわいい娘が欲しい」

「じゃあしっかり稼いで私を養ってよね!」

「あはは、そう来たかー!」

そんなカップルの話や笑い声が聞こえて来た。

今日は何度もかわいいって褒められたな。

充実した一日だった。

さて、帰ったら私も領地の皆を助けられるように頑張ろう！

＊　＊　＊

秋の食材。

きのことチーズとベーコンのフォカッチャを作る。

フォカッチャはイタリアの平ぺったいパンで、真ん中に窪みを作って具材を置く。

秋にぴったりの料理。

ガーリックも効かせちゃうぞ。

りんごジュースも匂い消しに添える。

「美味しい」

「秋らしくて良いわね」

「うん、エルフの私も満足」

両親とエルフにも高評価。

＊　＊　＊

両親がお茶会の社交兼、紅葉旅行に行く前にお母様にも添い寝をお願いしてみた。

夏終わって秋だし、涼しくなったから良いかなって。

許可を得たので日課のお祈りを自室で済ませてから今夜はお母様の寝室へ突入。

新しい香りの良い石鹸も使い、お風呂にも入って来た。

お母様も胸元が大きく開いたネグリジェを着て寝る準備は出来ている。

お母様のベッドは薄い紫色の天蓋付きベッドだ。エレガントだ。

「出来れば上、仰向けではなく、私が寝付くまで横向いて寝て下さい」

「横……ティアと向かい合えば良いのね？」

「はい！」

ひし！　っとお母様に抱きつく私。

顔は胸の谷間に埋もれる。

な……成し遂げた！

たわわに顔を埋めて寝るのが前世から夢だった！

男に転生して夜の商売の人に頼まないといけないかと思ってた。

今の私は幼女で実の娘だし、何も問題ない！

「あらあら、甘えん坊さんね」

「お母様いい香り……」

すりすりと頬擦り追加。

「ふふ、そんなに動くとくすぐったいわよ」

お母様は小さく笑ってる。
きっと母性愛が炸裂してる。
……とっても満足……至福。柔らかい。
私は柔らかくて感触さえ良ければだいたいなんでも好き。
……猫のプニプニの肉球も大好き。
……おやすみなさい。今夜は良い夢が見られそう。

後日
パンプキンパイとりんごのパイとミートパイの三種を作り置きする。
お父様とお母様が他領に行く旅の道中も美味しいものが食べられるように。
お父様の亜空間収納に入れておくから焼き立てが食べられる。
——ところで、この世の何処かにさつまいもと栗は無いかしら?
これも秋の味覚だから食べたかったなあ。

両親の留守中

ペンタス・ライカローズ。この世界にも前世と同じ花が見られた。

ピンク色の可愛い花。

可憐な八重咲きの愛らしい星型の小花を多数つけて、夏から晩秋まで咲いてくれるっぽい。

庭園の花を分けて貰い、祭壇に飾った。

他領のお茶会旅行に行った両親の無事の帰還を祈る。

二人ともライリーのお城にいないとなるとマジで寂しい。

でも若くて元気なうちに青春を謳歌して欲しかった。

綺麗な服を着て、美味しい物を食べ、景色の良い所でデートをさせてあげたかった。

出来れば紅葉デートを後方から眺めていたかったけど、海デートで見物したし、ここは我慢。

子供いない時の二人っきりの方がイチャイチャしやすいよね。

その為に変な知識持ってる不審な四歳児だと思われる事を覚悟で金策に励んだ。

「お嬢様、アズマニチリン商会からお手紙です」

「ありがとう」

アリーシャから手紙を受け取り中を検める。

「やったわ」

「吉報ですか？」

「一部の乾物が手に入りそう」

お味噌汁の具！

私は両親がいない間、小豆でホットアイマスクを作って、白髪混じりのグレーの髪の家令の目を労ったりしている。
お茶の時間にどら焼きっぽいおやつも作って食べた。
美味しい。
メイドや騎士達にも振る舞ってみた。美味しいと好評。
「夜はミートパイとポテトサラダと唐揚げとコーンスープよ」
城の常駐騎士達も使用人達もすっごく喜んだ。
体が資本の騎士達にはガッツリ肉料理が大人気。
私もお肉系大好き。
でもバランスが大事なのよね、健康と体型維持には。
悩ましい。
未だ太る兆しなど無いけどせっかくの容姿ＳＳＲは崩せないと思う。
自室の天蓋付きベッドの上でこっそりエア自転車こぎをやる。
エクササイズ！　人に見られたら絶対怒られる。
かぼちゃパンツ丸出しになってはしたない。
ジャージか短パンが欲しい。
いや、そもそもかぼちゃパンツは七歳くらいになったら卒業したい。
サイドが紐のパンツなら作るの難しくない。
ゴムってどこかに材料有るかなあ。

お母様にガーター付きのセクシー下着を着せる野望は抱いている。

いや、世の中の女性達も綺麗な下着を着たいはず。

やりたい事が多すぎる。

冬は暖炉の前でぬくぬくして、お父様に本を読んで貰って寝落ちするという野望もある。

マットも欲しい。

野望は尽きない。

様子のおかしなお嬢様

私の名はエリー。

お城勤めのオールワークスメイドだ。

今は食堂に来た人の給仕をしている。

「お城に呼ばれて良かった……国境警備の砦勤めじゃこんな珍しくて美味い飯やおやつ出ないしな」

目の前で最近お城勤めに入った騎士様が休憩時間におやつを食べている。

「ローウェ、お前ちょっと食い過ぎでは？」

騎士達におやつとして出されたのはポテトチップス。

ジャガイモを薄く切って油で揚げて塩をふってある。

「この間俺の分のどら焼きにまで手を出しただろう」

金髪の騎士、ヴォルニー様が憮然とした顔で黒髪の騎士、ローウェ様を睨む。

「すまんなヴォルニー、早い者勝ちだと思って」

そんなはず無いでしょ、心の中で突っ込む。

「そんな訳ないだろ、少しは遠慮しろ、お嬢様が用意してくれたどら焼き、あれは一人につき二つって事だったのにお前が俺の分を一つ食った」

「ローウェは食いしん坊だから」

茶髪の騎士、ナリオ様が現れた。

「ナリオ、もう交代の時間か？」

「そうだぞ、いつまで食堂に居るんだ」

「このポテトチップスっていうの、無限に食える」

ローウェ様はぽりぽりとポテチを食べている。

「いや、お前等が食い過ぎると俺達の分が残らない」

ナリオ様はローウェ様にナプキンを渡して早く席を立つように促す。

「早く手を拭いて仕事に戻るんだ」

言いながらナリオ様が席につく。

「はいはい」

「ヴォルニー、今度、唐揚げが出たら一個渡すから許してくれ」

「しょうがないな」

どら焼きという珍しい甘味の代わりが唐揚げという肉一つで良いのですか。

まあ、本人が良いのなら、良いのでしょうね。

休みが交代になる騎士様が入れ替わりに食堂に入って来る。

「お茶をくれ」

レザーク様だわ！　密かに憧れている銀髪の騎士様である。

「はい！　ただいま！」

今は給仕担当の私がお茶を入れ、差し出した。

「レザーク様、お疲れ様です」

「ありがとう」

「じゃあな、俺等は仕事に戻る」

ローウェさまとヴォルニー様はようやく席を立った。

城内の巡回に行くのでしょう。

「全く。我等は領主様夫妻の留守を任されているのだぞ、食にばかり気を取られるなよ」

すれ違いざまに最年長で長身の黒髪騎士のヘルムート様が嗜める。

片目に眼帯の渋い四〇代。

「ヘルムート様、でも驚くほど料理が美味しいのは事実ですよ」

「王都の貴族の会食に出た料理より美味しい物が出てくる謎」

ナリオ様は正直でいらっしゃる。

「それ、料理が美味しくなったのわりと最近の話ですよ」

私は交代の騎士様達にも追加でお茶を入れる。

「じゃあ、良い時に赴任した」

レザーク様もお茶を飲みつつ、ポテチを食べる。

「次にピザが食事に出るのいつかな」

ナリオ様はピザの味が忘れられないようね。

「知りませんけど、早く出れば良いですね」

微笑ましい。

「あ、交代のお三方、ちゃんと手は洗って来ましたか？」

食事の前は手を洗うようにお嬢様に仰せつかっている。

「ちゃんと新しい石鹸を使って洗った」

「私も洗ったぞ」

「右に同じ」

「いい香りがするから姉にも買って送った」

レザーク様はお姉様がいらっしゃるのね。

「城の人間は半額で買えるから良いよね」

あら、ナリオ様も自分用に買ったのかしら。

それにしてもレザーク様は姉君に優しいのね。素敵。

城の者達がわいわいと談笑を交わす。

「ねえ、エリー。奥様の新しいドレス素敵だったわね」

仕事が一段落付いたらしきメイド仲間のサラが食堂に入って来るなり、話しかけて来た。

「ええ、旦那様の瞳の色がグリーンだからお好きなのでしょ」

私は領主のジークムンド様の瞳の色を思い出す。

「素敵よね〜」

サラの瞳が輝いている。

「でもあのグリーンのドレスも素敵だったけど、私は夏に奥様が着てらした薄い紫に白のオーガンジーを重ねて作ったふわりとしたドレスが素晴らしくて忘れられないわ」

——妖精の女王のように美しくて。

「どちらもお嬢様のデザインなのよ、凄いわね。神童ってやつなのかしら」

そう言って、ほう、と、私はため息を漏らす。

「天使じゃないのか」

「見た目が本当に天使だしな」

ナリオ様もレザーク様も真面目な顔でお嬢様を天使だと言ったけど、最年長のヘルムート様は黙ってお茶を飲んでいる。

クールだわ。

この城はメイドと騎士の食事場所は分けられていない。

城の規模にたいしてまだまだ人が少ないので使う部屋数を絞ってある。主に掃除の手間を考えて。

税金を上げたくないという領主様の優しい思いが伝わってくる。

私は騎士様と普通に会話出来る状況に感謝している。

お食事も最近充実しているし。

「あ！　お嬢様だわ。厨房に行かれるのかしら」

サラがお嬢様を見つけ、目でお嬢様を追う。

「ナリオ様、ピザをリクエストするなら今なんじゃないですか？」

冗談めかして私は言ってみた。

「な、そんなあつかましく出来る訳ないだろう」

ナリオ様がびっくりした顔で言った。

「ふふ」

軽口がたたけるのが嬉しい。他の城だと絶対怒られる。

「ナリオ様はピザが食べたいんですね⁉」

「ちょっ、声が大きい！」

私がことさらに大きい声で言うと、ナリオ様が慌てた。

「ピザが食べたいの？　別に良いのよ」

お嬢様はお優しい。しっかり聞こえたらしい。

「申し訳ありません、お嬢様、何でも美味しくいただいております！」

ガタン！　ナリオ様が慌てて立ち上がって礼のかたちを取る。

いや、騎士様は全員立ち上がっていた。

「メニューを考える手間が減ったから、本当に良いのよ」

言いながら花のように微笑んで、お嬢様は本当に天使みたい。

「やはり若い男性がいると城に活気が出るわね」

よ、四歳のお嬢様が何を言って……、

「お嬢様の方が若いじゃないですか」

「そうだったわね」

うちのお嬢様は天使のように愛らしいけど、様子がややおかしい。

「ただ、ピザはカロリーが高いからしっかり運動しないと太るわ。いっぱい体を動かしてね」

はっとした顔になる私とサラ。

そういえば最近食事が美味しくて少しだけお腹がぷよって……。

「や、痩せようと思ったら、どうすればいいですか？」

サラは真剣に聞いた。

「つま先立ち、踵を上げて歩いたり掃除をする」

「わ、分かりました!!」

どうしてつま先立ちで痩せられるのか全くわからないけど、私とサラは神妙に頷いた。

「私達は鍛錬に励もう」

騎士達はそれで大丈夫のようだった。

「頑張って」

お嬢様はそう言い残して厨房に入って行かれた。

普通の令嬢は厨房になど入らないけれど、うちのお嬢様は特殊だ。

今日も騎士様達は期待に満ちた顔でお食事の時間を待つ。

――もちろん、私達メイドもですけど。

行商人来訪

「お嬢様。旅の商人が品物を見て欲しいと謁見許可を求めて来ておりますが」

!!

「旅の商人が!?　会うわ、お父様が留守中だもの、私が対応するわ。城の敷地内に入れるなら悪意は無いって事だろうし」

この城は悪意有る者は入れない結界に守られている。

「新任の騎士達五人とアシェルさんを謁見の間に呼んで、立ち会って貰うわ」

「はい、かしこまりました」

行商人だわ！　ワクワクする！　ファンタジー系作品でよく見るやつ！

そうだ、お父様の不在の間はここでは私が最高権力者。

代理として高貴な令嬢プレイしちゃお！

高貴な色と言えば紫よね！　今着てるのはくすみカラーの落ち着いたピンク色のドレスだけど、紫のドレスに着替えてから行こう！

「その方が品物を見て欲しいと申す行商人か。名を名乗るが良い」

謁見の間で偉そうに座って声をかける私。

周りには騎士とアシェルさんが控えている。メイドのアリーシャもいる。

「お初にお目にかかります。当方行商人のハンツ・エーサンと申します。ライリー辺境伯令嬢におかれましては、ご機嫌麗しゅう……」

「挨拶はそこまでで良い」

長そうだったので途中で終わらせる。

ちょっと某将軍様みたくなってしまった。

「面を上げよ」

「は……っ」

茶髪に琥珀色の瞳が驚きに見開かれた。三〇代くらいの男性。

幼女過ぎてびっくりしたのかも。あまり気にしないで。

「おそれながら、領主様はどちらに？」

防犯面で不在だとは言いたくない。

「両親ともに今手が離せぬゆえ、私が対応を任されている。布を広げて、商品を見せるが良い」

「は、ただいま」

急いで支度をする商人とお付きの二人。

——!!　土鍋が有る！

視界には確かに土鍋が有る。

色んな袋や箱や布などが並べて置かれている。

土鍋が有るなら米もあるのでは!?

「食べ物、調味料の類いを優先して説明を」

私は米と醤油を探している。

「は、これはエンリ伯爵領産の良い岩塩でございます。こちらはソーハ男爵領産の豆でございます」

次々に商品の説明がされていたのだけど、豆!!

ガタン。

私は豪奢な椅子から立ち上がって豆を近くで見る事にした。

カツカツと靴を鳴らせて商人、いや、豆に近寄る。

「大豆？」

「おっしゃる通り、ダイズなる豆でございます」

やった……！　大豆だ!!

「こちらは乾燥させた海藻です」

「昆布？」

この黒い海藻は昆布でしょ!?

「はい、コンブでございます」

やったわ。

アズマニチリンはワカメとアオサを送ってくれるから、被ってない。

「こちら、家畜の飼料でございます」

大きい袋に入っていたのは……。

ああああああああ!!

「米!!」

精米前の米！

「これが家畜の飼料と申したか!?」

「はい、ファイバスと言われる家畜の飼料です」

食べ方、正しい食べ方を知らないの!?

「美味しくないので人用ではないかと」

「……は……？」

思わず素がでた。

「え？」

困惑する商人。

「いや、良い、この飼料の値段は？」

「家畜用なのでお安く、一袋で銅貨一〇枚でございます」

安い！

「在庫有るだけ全部買おう。そこの土鍋も五個。大豆も昆布も在庫全て」

大人買い。

「あ、岩塩は一袋で良い」

塩は一応あるので。

「お嬢様はこのファイバスの正しい食べ方とやらをご存知なのですか？」

「知っているが、其方は土鍋が有るのに知らぬと申すか」

「は、こちらの土鍋は煮込み料理に使うものですが」

「……そうか」

「教えていただけますか？」

商人が目を光らせる。

「定期的にファイバスをこの城に卸せるか？　ならば教えよう」

「定期的に⁉」

驚く商人に向かって、私は内心で眼光を鋭くするイメージで言う。

「かような辺境では無理か？」

「……いえ、何とかします」

——脳内でそろばんを弾いたかしら？

「もみすりと精米の手間がいるが、商人、時間はあるのか？」

「はい。それは十分に」

「では誓約書を」

「お嬢様そこまで⁉」

メイドがびっくりしたようだ。

米の為だもの。

「必要」

キッパリと言い切る。

道具を揃えよう、すり鉢とか。軟式野球ボールが欲しい。

無いものは何かで代用、く、精米機欲しい。

家庭用サイズのでも良い。

その後、使えそうな道具を探して何とか精米した。

手順はちゃんと商人に見せて、土鍋で炊いてみせた。

完成した白米を、まず、そのまま食べさせる。

「あ……れ……⁉　美味しい……！」

驚く商人。

しかし当然である。

おかずにハンバーグも出してやる。

「これをおかずに食してみるがいい」

「……！！！　お、美味しゅうございます!!」

米が霞んだみたいな顔してるけど、まあ良いわ。

「それでは、定期的に卸しに来るように」

「はい」

「良い取引だった。其方に感謝を」

ほんとに感謝感激して私は言った。

「有り難き幸せでございます」

商人は恭《うやうや》しく礼をした。

商人を帰して一息つく。

「――はあ、高貴な令嬢風演技、楽しかったわ！」

私はご機嫌でテラス席でお茶を飲みながら、クッキーを食べる。

「演技って、お嬢様はそのまま、高貴な令嬢なのですよ」

メイドのアリーシャが呆れる。

「たまにやるから楽しいのよ」

令嬢風プレイ。令嬢だけど。

「どちらかというと、あの演技は高貴すぎて女領主か、女王様のようでしたが、でなければ、令嬢ではなく、令息」

「細かいことは気にしないで。お父様の代理だったから、なめられたらおしまいだと思ったのよ」

「ティア。かっこよかったよ」

エルフはお茶に同席して楽しそうに笑ってる。

「あんなに勝手に購入を決めて良かったのです？」

親の居ない間にかなりお買い物してしまったから心配された。

「高価な布やアクセサリーには手をつけなかったから、多分、大丈夫よ。なんならこれから精米機も作るし、真の味を知ればみんな買うわよ。精米機はお金になるわ」

「確かに私もファイバスを味見させていただきましたが、美味しゅうございました」

「確かに」

騎士達も口々に同意した。

醤油が有れば完璧だったのだけど。大豆は手に入った。

コツコツ大豆を買い集めたら醤油も作れないかな？

＊　＊　＊

ところでまだやってなかった事をふと思い出した。

夜中、寝る前に、日課のお祈りの後。
一人になってから試す。
「ステータスオープン！」
手を前方にかざしてやってみたけれど……
………シーン。
はい！　何も出ないいし、何も起きませんでした！
異世界転生のお約束だと思ったのに。
解散！
……まあ、明日は朝からお米が食べられるし！
おかずは……何にしようかなあ……。塩かけておにぎりとか、シンプルでも良い。
――寝よう、おやすみなさい。

ファンタジー世界に来ると見たくなるやつ

木材でおにぎりケースを作りたい。
木をくり抜いたお椀でも良い。二つ合わせて米をシェイクしたい。
おにぎりを作りたくとも！　炊き立てご飯は熱いのだという事を思い出したのだ。

あっつあっ！

ラップも無いこの世界でおにぎりを作ろうとするのは厳しい。

四歳児には更に厳しい。

人に頼むのも気が引ける。大人でも熱いのは変わらない。

木工細工の職人に連絡を取るよう家令に指示を出す。

ちょっとおにぎりは封印して、朝食に白米、焼き魚、味噌汁、具が玉ねぎ。

というメニューを作った。

ワカメはよ届いて。

魚は王都の魚市場から仕入れたシャケっぽい魚。

美味しかった。

鯛に似た魚も仕入れている。

昆布はゲットしたし、これで出汁を取って、鯛飯もどきとか作りたいな。

でも、鯛もどきは両親が戻ってから食べる。

エルフのアシェルさんが亜空間にしまっておいてくれるから大丈夫。

行商人が野菜の種も持っていて、種もゲットしたんだけど、どうも話を聞くと白菜に似た野菜の種と大根に似た野菜の種らしいから、冬に豚肉や鳥肉を合わせた白菜の鍋が出来たら良いなと思ってる。

脳裏に浮かぶは豚肉のミルフィーユ鍋と水炊き。

大根もどきがちゃんと育てばおでんも良いな。

……ポン酢が欲しいな。あれば最高だった。

なので白菜っぽいのと大根っぽい野菜の種はもう植えた。

すくすくと育て。

＊＊＊

私は今、若いメイドさんが裏庭で洗濯をしている様子を柱の陰からこっそりと眺めている。

何故、眺めているかというと……いや、手洗い大変だなとは思うよ、洗濯板でアナログなやり方で、前世にあったような洗濯機じゃないもの。

でもなんか好きなんだよね。

洗濯する若い女性、風情がある。綺麗な人だとなお良い。

洗濯機を使ってると何とも思わないけど。

「お嬢様、何を見ているんですか？」

新任の若い……二〇代くらいの黒髪騎士のローウェが声をかけて来た。

……こっそり見てたのに。

「洗濯をしてるメイドさんを見ているの」

「洗濯が面白いんですか？」

「風情が有ると思って」

「風情？」

「例えば、そう、もう少し私が大きくなったら、他領の葡萄園などに行けるようになったら、『あれ』が見たいの、洗濯は『あれ』にやや近い」

「あれ？」

「葡萄踏みをする乙女。何人かの乙女達が歌など歌いながら葡萄踏みしてるの、スカートの裾を捲ってやるやつ」

牧歌的な景色。

むしろ洗濯よりそっちが本当は見たい。

「ああ～～！」

お分かりいただけただろうか？

「確かにあれは風情が有ります」

想像したのかニコっとするローウェ。

貴殿も同志か。

「洗濯物も身分の高い人のものは無理でもメイドさんも着替えとか洗うはずじゃない、足で踏んで洗うかも知れないって、見てるけど。未だ踏む気配が無い」

「踏んで洗えと命じたらやるのでは？」

「そんな権力振りかざしてやらせる物でもないわ」

こう、爽やかに朗らかにやって欲しい。

「そうだ、ローウェ、あなた今すぐ上着脱いでシャツとか肌着とか洗ってくれって渡して来たら？

自然に」

「いやいやいや！　いきなり脱ぎたてとか渡されたら嫌でしょう！　しかもいきなり仕事増えるし！」

　赤くなって慌てる成人男性。

「業界の人にはご褒美かもしれないわ」

「業界ってなんですか！　何を言っているんですか！」

「イケメンなら、容姿の良い男なら許されるかもしれないわ」

「いや、無理でしょ！」

　もはや耳まで赤い。

「あの、セレスティアナお嬢様が大きくなったら他領の葡萄園にでもお供致しますので、そこで葡萄踏みの乙女探しましょう」

「そんなの……いつになる事やら………お手本を見せれば良いかしら」

「は？」

「私があなたのシャツを洗ってあげる」

「は!?　いけません！　貴族の令嬢が洗濯など！　というか、私に手本は不要ですよ!?」

「私は脱ぎたてでも洗えると証明してあげる！　さあ、脱いでご覧なさい」

　両手を広げて（よこせ）のポーズ。

「いや、恥ずかしいのですが！」

シャイか⁉

「男なんだし、暑い時には上半身裸で鍛錬とかするでしょ、お父様もやってたし」

「でもいきなり服を脱いで洗えとか言いませんし！　第一、洗濯はドレス姿でするものでもありません！」

「ドレス脱いで平民っぽいワンピースに着替えて来るわ」

メイド服は持ってないし、サイズ合うの絶対無いし。

私は城内に向かおうと歩き出すもローウェはばっと手を伸ばして来た。

「ダメです‼」

私は捕まって抱え上げられた、――猫の子のように。

両脇の下に両手が回されている。

「あ！　つい、捕まえてしまった！」

――つい、じゃないわよ。私の足はぶらんと宙に浮いている。

「おい！　何をしているんだローウェ！　お嬢様は猫の子じゃないんだぞ！」

茶髪の騎士が見咎め、慌てて駆け寄って来る。

「助けてくれナリオ！」

「は⁉」

「お嬢様を離すと洗濯をしようとするんだ！」

「落ち着け！　何を言っているんだ！　貴族の令嬢が洗濯などするはずがないだろう！」

「だが、お嬢様は手本を見せると！」

「な、なんだ、もしやそこのメイドの洗濯の仕方に何か問題が⁉」

ナリオにも洗濯中のメイドさんの姿が目に入ったようだ。

メイドさんがびっくりしてこっちを見てる。

違う、貴女は何も悪くないのよ。

「も、問題は別に無い！　メイドには全く無いのだが！」

「分かったから、下ろして」

「洗濯は諦めてくれるんですよね⁉」

「ええ」

——ふう。着地した。

「私はただ、のどかで爽やかな風景が見たかっただけなのに」

「お嬢様、もう変な事を言うのはやめて下さいね」

変とは何よ。

なんなら子供っぽく喋ってあげましょうか？

「おとーしゃまとおかーしゃま。はやく帰って来ないかな？　さみしい……」

しゅんとした顔で言う。

「ええ⁉　行商人の前でもあれ程滑舌良く、気高く話しておられたのに！　急に⁉　具合でも悪いのですか⁉　医者を呼びましょうか⁉」

ローウェめ、私がおかしくなったように見えるのか。

「幼女らしく話せば逆に心配されるとは」

半眼になる私。

「なんだ、演技ですか、びっくりさせないで下さい」

何もかも遅いようだ。まあ仕方ないわね。

「ほら、見て下さいお嬢様、風にたなびく洗濯された白いシーツが爽やかですよ」

ローウェは私の情緒が不安定に見えたのか、様子を窺っているようだ。

「………」

私は白いシーツを一瞬だけ見て、

「城内に戻ります」

と言い残して去る。

お嬢様〜と、ローウェがまだなんか言ってるけど置いて行く。

はーーーー早く自領の瘴気、消えないかな?

消えたらうちでも葡萄園やれるでしょうに、ライリーって広さはあるのよ。

今夜は脳内で歌を歌いつつ葡萄踏みをする乙女達を想像しながら寝ようかな。

せめて、夢の中だけでも……。

平穏で豊かな大地を思い描いて。

両親の帰城に猫のふみふみ。

「ただいま」

「ただいまティア、良い子にしていましたか？」

「お父様！　お母様！　お帰りなさい！」

晩秋の涼やかな風の吹く中、他領に紅葉デート兼、お茶会社交に行ってた両親が戻って来た。

てとてとと、小さい体で両親に駆け寄る私。

「あ！」

「おっと」

つんのめり、うっかり転びそうになった所をお父様がキャッチ。

「危ないぞ」

幼児は頭でかくて、バランス悪いんだよ、多分。

「えへへ、寂しかったの」

ぎゅっとお父様に抱きつく私。

「そうか、寂しかったか」

「今夜はお父様とお母様と一緒に寝たいです！　私を真ん中に挟むようにして寝て下さい！」

川の字で寝たい。

「怒涛のように要求が出て来たな」

すみません。

「ティアは甘えんぼさんだな。良いよ」

お父様は笑顔で許してくれた。

「しょうがないわね」

お母様も苦笑しつつ許してくれた。

貴族の子ってとっとと自立を促そうとするのか、あまり甘えさせないようにするみたいなのよね。

でも私は限界まで甘えたいの。

「はい、お願いします」

可愛らしい笑みを作る私。

せっかく推しが両親なんだ、小さいうちは全力で甘えさせていただく。

「旦那様、奥様、お帰りなさいませ」

姿勢の良い家令がナチュラルに進み出て紙を取り出す。

「お留守の間の使った予算の報告書です」

ギクリ。

別に悪い事はしてないけど、結構買い物したせいでちょい焦る。

「行商人から結構買い物をしたのだな」

「大変美味しい、良い買い物をしたので、後でご確認下さい」

にこりと笑顔を作って言う私。

「美味しい物か。美味しい物と言えば、持たせて貰ったパイは一種ずつは我々で食べた。しかし、交渉に使った方が上手くいくだろうと、シルヴィアの進言で相手方に食べさせてみたら好評で、話もスムーズだったぞ」

パイがうちの商品の売り込みに一役かったのですね。

お土産に使った訳だ。

「せっかく私達の食事にと用意してくれてたのに、ごめんなさいね。ティア」

「謝る必要なんてありませんよ。お母様、賢い選択です。私も新しく精米機を作らないといけなくなったので、お金出してくれる友好的な貴族が増えるのは喜ばしいです」

「……なんて？　セイマイキ？」

お父様はまた何か作るのかとやや引き攣った笑顔になった。

「後で説明します。まず、馬車移動の疲れをゆっくり癒して下さい。その後、紅葉デートの様子を詳しく教えて下さい」

「紅葉は見事だったぞ」

お父様が一言感想を言った。

「まさか感想は一言で終わりなんですか⁉」

「他にどう言えばいいのだ。父は詩人ではないぞ」

そんな事を言わずにレポート三枚分くらいはお話しして欲しい。
「紅葉はよく、色付いていたわよ。赤と黄色が混ざってて綺麗だったわ」
お母様が見かねてフォローをして下さったけど、やはりこの目で見たかった。
ぐぬぬ。せめて動画で撮って来てくれてたら〜。カメラが欲しい。
「そういえば、お土産が有るぞ」
お父様が亜空間収納からすっと差し出す。
いちじく、銀杏、スダチ、赤紫蘇だった。
わーい！
銀杏て茶碗蒸し作れるじゃん。
赤紫蘇のジュースも色がとても綺麗で好きだから作ろう。
スダチはお魚料理に合わせる。
いちじくはコンポートにしたいけど良いお酒あったかな。
日本酒が欲しい。リキュールでもいい。
やはり有る物で作るなら白ワインかな？
まあそのまま食べても美味しいとは思う。どうしようかな。
「美味しそうなお土産いっぱい嬉しいです！　ありがとうございます！」
私はニコニコとしてお礼を言った。

精米機の企画書と設計図を書く。

四歳児のやる事じゃないけど、お米をスムーズに食べたい欲に負ける。

「ティアは本当に賢いな」

物語で知識チートキャラを書く為に集めてた知識ですよ。

実際考えたのは地球の賢い人達ですよ。

人の手柄なのにすみません。

＊＊＊

鯛飯を作ろうとして、料理酒も日本酒も無い事を思い出した。

……慌てるな、代用品だ。

そうだ、白ワインはある。

ワインの白は皮や種を除いて果実だけ発酵させたもので、魚介類の料理や淡白な素材の料理に使用するのに向いている。

ちなみに赤ワインは肉料理に合うと言われている。

醬油の代用品は、味噌の上澄み液だ。

前世で読んだ本の知識を使ってみよう。

昆布は先日ゲットした。

鯛飯！　調理完了！　いざ実食！

「セレスティアナ。あなたが私の娘で本当に良かったわ」

そんなに⁉　お母様のお口に合ったようだ。

「ティアの夫となる男が料理をする事を許すなら幸せだろうな」

良い声していて、性格が良くて、立派な胸筋をお持ちで、それを思う存分、触らせてくれて、猫好きで、ライリーの城の近辺（できれば徒歩圏内）で一緒に住んでくれる男前なら結婚してもいいかもしれない。

「とりあえず王族には嫁ぎたくないし、ライリーに来てくれる方以外の婚約の申し出は蹴って下さいませ」

「そうなのか？」

「お父様とお母様のそばを離れたくないのです。できれば婚姻以外で領地に貢献していきたいです」

政略結婚は嫌。

「まあ、ティアの発明品は優秀だしな、まだ幼いし、今しばらくはどうにかなるだろうが……」

「お顔が天使のように可愛いので、社交界デビューしたら婚約の申し込みは殺到するでしょうね」

「理想の男性がお父様なので生半可な男は無理だと言っておいて下さい」

「いやあ……」

男前のお父様が照れ笑いをした。

「いやではありませんよ。相手の身分が高い場合、断るのは大変です」

呑気な雰囲気でいる事をお母様にたしなめられるお父様。

「ははは」

お父様も思わず苦笑いである。

「そもそも瘴気で大変な土地の娘を容姿だけ評価して、嫁に貰おうとするのはいかがなものか」

私は不利な条件を論《あげつら》う。

「家柄、家格はそれでも高いのですよ。持参金など不要な領地も有るでしょうし」

お母様も憂い顔になってしまった。

「よし、今はせっかくの料理を堪能しよう。婚姻の話はまた今度」

「そうですね！」

お父様の意見に全力でのっかる。

＊＊＊

日課のお祈りを自室で済ませてから、夜の添い寝タイムへ。

お父様のベッドが一番大きいのでお父様の寝室に来た。

そこで川の字になって寝る。

両手に花、どっち向いても天国。

かたや、おっぱい、かたや雄ッパイ。

どうする？　どっち向く？　青い天蓋付きベッドの天井を見ながら思案する。

お母様のたわわには前回顔を突っ込んだ。

そしてお父様に今我慢させてる状態で私がお母様のたわわを満喫するのは悪い気がする。

お父様は私の方、横を向いて片腕は耳、頭の下に置いて寝そべっている。

もう片方の手では私の頭を撫でたり肩をポンポンと軽く叩いたりして寝かしつけようとしてる。

お父様の白いシャツの胸元は大きく開いていて、立派な胸筋が見える。

前世知識だけど、上質な筋肉は柔らかいと聞く。

猫の肉球に感触が似ているらしいのだ、夢のようなお話。

めっちゃ触りたい。揉みたい。

猫の肉球大好き、でも猫は肉球触られるの大抵嫌がる。

相手が父でも揉むのは無理だわ、動きがちょっと……アレな感じになる。

今の私の見た目は幼女だけど、それでも厳しい気がする。

隣にはお母様が寝てるし。

では押すのはどう？　猫のふみふみのように、あの様子は全くエッチではなくて、むしろ愛らしい。押すのはセーフでは？

私は意を決してお父様に手を伸ばして、猫のふみふみのように胸筋を押す。

ぷに、ぷに、ぷに。

おおおおおお！

「何してるんだ？」

父、当然のツッコミである。

「猫のふみふみです、お気に入りのものにやります」

毛布とか。

「猫……飼いたいけど、まだ治癒魔法も出来ないし優秀な獣医も見つからない、つまり飼えないから自らが猫になるしかないんです」

「そんな……」

「ええ……？」

あっけに取られ困惑する両親。

「それは分かったが、何故私の筋肉で？」

分かってくれたのかこんな無茶苦茶な言葉を。

懐が深い。

「猫のアレは毛布とかにやるものでは？」

「上質な筋肉は柔らかく、猫の肉球に感触が似てるらしいのです。私は猫のプニプニの肉球も大好きなのです。でも猫はいない」

目を閉じて「肉球………」と呟きつつ父の胸筋を指の腹で何度も押す私。

「肉球の代わりにされていたのか」

耐えられずに笑い出すお父様。

「くっ、あはははははは」

「猫が飼いたくても飼えないなら……仕方ないわね」

お母様も呆れつつも納得してくれて、もう寝ようとばかりに目を閉じた。

ゆ、許された。

海辺のメアトン工房と冬支度と宝箱

冬の始まり、海風が冷たい。

私はワインレッドのワンピースに上着を着て、その上から更にグレーの外套を身に着けている。

例の姿変えの魔道具で亜麻色の髪、茶色の瞳に変装中。

同行者はアシェルさんと騎士一人、銀髪のレザークさんである。

男性二人は冒険者風衣装に外套だ。

海に近い工房に向かう道中には牡蠣小屋っぽいのがある。

すごい、牡蠣を食べた後の残骸、貝殻が箱に山程積まれてる。

小屋の人に「あの貝の殻、捨ててあるんですか？」と聞くと、そうだよ、ゴミだよ。と答えが返って来た。

「いらないゴミなら貰っても良いですか？」

「いいよ、捨てる手間が省けるから。しかし、ボコボコゴツゴツしてて綺麗な貝殻でもないし、中身入ってないのに欲しがるなんて変わってるな、お嬢ちゃん」

貝殻は砕けば畑をアルカリ性にするのにも使えるから。

「えへへ」

曖昧な笑みで誤魔化してゴミとされている貝殻をゲット。

エルフのアシェルさんの亜空間収納に入れて貰う。

「看板にメアトン工房、ここだわ」

建物の看板を見上げて確認をした。

実験セットを作った優秀な魔法師を訪ねて工房に到着。

ポンプやひき肉器を作ってる工房は今多忙なので新規開拓である。

扉を叩き、声をかける。

「ヤネスさんという魔法師はおられますか？」

声をかけながら私はアシェルさんと騎士レザークを供にして工房に足を踏み入れた。

「俺ですが」

ミントグレージュの髪色の二〇代くらいの青年が出てきた。

淡い茶色と淡い緑とグレーが混ざったような髪色というのか。

ここからは事前打ち合わせ通り、アシェルさんに代弁して貰う。

「セイマイキという道具を作って欲しいのですが」

「セイマイキ？」

「設計図はこちらに、加工する材料はこのファイバスという植物です」

アシェルさんが鞄と見せかけた亜空間収納から必要な物を取り出し、これこれ、このようにして使う物と説明して貰う。

「あなたの錬金術で、この道具は作れそうですか？」

「へえ、こんなしっかりした設計図あるなら出来ますよ。俺は天才錬金術師なので」

やったわ！　アルケミスト！　天才錬金術師すごい。

魔法師の中で道具制作に長けているのが錬金術師なのかな？

「三つくらい同じのが欲しいのですが、費用はいくらくらいになりますか？」

「三つもいるのか、じゃあ金貨七〇枚くらいかな」

相場が全く分からない。

けど絶対欲しいから了承する。私はアシェルさんに頷いてみせた。

「前金に金貨一五枚です」

材料費も要るだろうしね。了解。

「はい」

アシェルさんが契約書を作り、発明のアイデアを他所に漏らさないようにするとか、色々な制約をする。

この人、ヤネスさんが上手く精米機を作れたら、いつか蒸留酒作りの為に「蒸溜器」制作を依頼したい。

高濃度アルコールは色々使い道がありそうだもの。

完成したら連絡をくれるらしいから一旦、王都の市場に寄ってから帰城する事にした。

市場で冬ごもり用の物資を買い込む。

暖炉前でゴロゴロする為にマットの代わりになりそうな布を物色中。

また、出会ってしまった。

すごいエンカウント率だわ、秋の紅葉デートでは会わなかったけど。

ええと、黒髪赤い目の富豪君、じゃなくて「ガイ君」それとお付きの人達。

「久しぶりだな、元気だったか？」

「うん」

「今日も刺繍を売りに来たのか？」

「ううん、冬支度の買い物」

「ふーん、今日は見ない男も増えているな」

騎士様の事だわ。

「近所に住むお兄さん」

と雑な説明をする私。

部屋は違うけど同じ城に住んでるの、だからかなり近所に住んでいる。

「そうか、アリアは王都に住んでるのか？」

「いいえ、もっと遠くよ、なんでそんな事を聞くの？」

「近くに住んでいるなら、王都の冬の聖者の星祭りには来るのかと」

「何それ」

「知らんのか。聖女に日頃の感謝の祈りを捧げる祭りだが、今は聖女は不在ゆえ、再びの降臨を願う祭りだ」

「聖女様、昔はいたの？」

「ずいぶん昔はな」

「祭りってどんな事をするの？」

「美味しい物を飲み食いして、プレゼントを贈り合う」

クリスマスのような物かな。

「神じゃなくて、何故聖女に祈るの？」

「昔、神の遣いたる聖女と勇者が魔王を封印してくれたから人類が滅ばずに済んだと言われている」

そういえばそんな話をお父様から聞いた。

「それなら聖女の他に勇者にも感謝して祈らないの？」

「祈る地域も有るが勇者が勇者たりえるのは聖女あってこそらしいから、聖女の方が信仰されている」

「ふーん、贔屓《ひいき》では」

勇者も讃えてあげなよ。命がけの仕事じゃないの。

「まあ、とにかくそういう祭りだ。で、祭りには来るのか？」

「分からない、寒いと引き篭もってるかも」

寒いと引きこもりがちなオタクだった私。

「……来れば飯くらい奢ってやるぞ？」

「でも冬は寒いし……気が向いたら」

はあ、とガイ君はため息を吐いた。

「ガイ君はその日、暇なの？」

「夜は忙しいが昼なら多少は時間は取れる！」

「忙しいなら無理しないで」

「そうだ、忙しいはずだぞ」

と、いつものお付きの人がやや後方から言ってる。

「ぬ……」

不服そうなガイ君を横目に布を選ぶ。

連れがいるし、用事をすまさないと。

「ねえ、森で狩った鳥の羽、まだ有る？」

私は布を見ながらアシェルさんに聞く。

「いっぱい有るよ、お肉も残ってる」

「布に羽を詰めたいのだけど、良い？」

「いいよ、布団にするのかい？」

「うん」

マットの代わりに羽毛布団作ろうかなって。

「あ、この生地暖かそう、コートを作ると良い感じになるかな」

「よし、その生地は俺が買ってやるから買うといい」

おや、ガイ君が奢ってくれるそうな。

「コートを作っても寒い中、お祭りに来るとは限らないよ」

「それならそれで仕方ない、寒くないようにしろ、体調を崩すな」

偉そうでぶっきらぼうだが、優しい子みたいね。

輝く金貨を三枚渡してくれた。

「金貨？　これそんなに高い生地じゃないよ」

「冬支度があるんだろう。それに、あの弁当……凄く美味かった」

……一瞬見惚れた。優しい笑顔だ。

そういえばカツサンドをあげたんだっけ。

「ガイ、そろそろ戻る時間だ」

お付きの人に急かされるガイ君。

「分かってる、じゃあな」

背を向けて去って行く彼に私は金貨三枚を胸の前で握りしめたまま、

「ありがとう！」

と言った。

ガイ君がくれた金貨は懐のポケットにしまって、私は自分のお財布から布の代金を支払った。

布や食料など冬支度に必要な物を市場で買い込む。

全部自前の財布から支払い、帰路に就く。

ガイ君から貰ったキラキラの金貨はまだ懐に入れたまま。

なんとなく、これを使うのがもったいない気がしたので。


帰城。

城の入り口付近で外套を脱ぎ、待機していたメイドに手渡す。

自室に戻ると、暖炉に火が入っている。

メイドのアリーシャにより、既に暖かく備えてあった。

上着を脱いでポケットから貰った金貨を取り出す。

私は机に座り、ピンクのお花の刺繍をしたハンカチを使って、貰った金貨を包んだ。

自分で刺繍した物だ。

お父様が昔、ダンジョンで見つけたという宝箱を私にくれていたので、それにハンカチごと金貨を入れた。

箱に綺麗な宝石が装飾されていて見栄えがするので箱ごと持って来たと言っていた。

宝物を守るにふさわしく、美しい宝箱だと思った。

冬の手仕事

季節の変わり目。

朝とかは、かなり冷え込む。

けっこうお年をめしてる家令がちょっと咳をしていた。

私は前世で喘息の友達から聞いていた。

咳には銀杏やホットミルクが効くのだという事を。

咳が出たらさしあたって、朝のあまり時間の無い時はホットミルクを飲むように言う。

蒸気を吸い込むようにしながらね。

なんなら蜂蜜も入れて。天然の抗生物質と言われてるから。

そして今日のおやつというか間食にまだ食べてなかった銀杏を使う。

銀杏のつなぎ目部分を上にして左手で持ち、つなぎ目部分をトンカチで軽くパカッと割れる程度に叩く。

フライパンにそれを入れ中火にし、一〇分程炒《い》る。

銀杏に割れ目を入れたところから、割れ目が広がってきて、綺麗なヒスイ色になったら完成だけど、茶碗蒸しにも入れたいので一部は置いておく。

茶碗蒸し用に鶏肉や椎茸などを一口大に切っておき、茶碗蒸し液を作る。

昆布から取った出汁、水、日本酒が無いから白ワイン、醤油代わりの味噌の上澄み液。

泡が入らないように、こし器で器に流し入れる。

蒸し器で蒸す。

茶碗蒸し完成！　今日のおやつは茶碗蒸しよ。

「優しいお味ね」

お母様がスプーンで茶碗蒸しを食べながら評価してくれる。

「なんだかほっこりした気持ちになる」

お父様も優しい笑顔でほっこり。

うん、両親の評価も良い感じ。

「美味しいです、優しい味でございますね」

両親の次に、咳をしてた家令に銀杏入りの茶碗蒸しを食べさせる。

茶碗蒸し以外の炒った銀杏もほどほどに食べさせる。

「一日、一〇粒以内よ、それくらいなら、薬としての作用があるから」

「お嬢様は、なんとお優しい……」

「お父様が持って来て下さったお土産に、たまたま銀杏があったのよ」

茶碗蒸しは騎士様達やメイド等、使用人達の評価も良い。

「蒸された卵料理とか初めて食べました、柔らかいし、美味しい」

「卵部分は歯の抜けた老人でも食べられそう」などという感想を貰った。

＊＊＊

冬支度の続き。
海ピクニックの帰りにゲットした木材で燻製器を作った。
スモークチップはメープル。
庭で燻製作業をする。
豚肉を燻製してベーコンに。
鶏肉、豚の腸詰め、プチトマト、チーズ。
ニジマスやイワナやヤマメに似たお魚も燻製する。
冬の引きこもり生活が楽しみになりそう。
厨房の料理人にドーナツの作り方を指導する。
明日のおやつに出してくれるようにお願いをしておく。
日課のお祈りをして、眠る。

＊＊＊

次の日。
一応冬の初めの手仕事に布マスクも作るとしよう。

お外で使うと目立つかも知れないけど、誰かが風邪をひいたら渡す。

冬の冷たい冷気を吸い込むと咳が悪化しかねないから。

ゴム紐が無いから紐で括るようにする。

健康祈願に祝福のルーン文字も刺繍する。

シゲル。それはイナズマのような文字である。

すべての生き物を育む太陽を象徴している。

強力なエネルギーであらゆる病の元、雑菌滅せよの気持ちで針を刺す。

ルーン文字は不思議とこちらの世界と共通しているようだった。

家にある魔法に関する本は少ないけど、それは確認出来た。

マスクを数個作ってから小休止。

窓から冬の庭を眺める。……冬の庭はやっぱりちょっと寂しいな。

せめて椿があればな、などと思っても無いものは仕方ない。

いずれ来る春の為に今は眠って準備期間と考えれば……仕方ないよね。

……植物の花の代わりに美味しい物を食べるイケメンかメイドさんでも眺めようかな。

私は市場で感じる活気や瑞々しいエネルギーのような物が恋しくなって使用人のおやつの時間に若い人というか、騎士やメイドさん達のいる食堂に向かうと決めた。

ふと、その前にと、思いついてインク瓶を開け、ペンを持ち、紙を用意してメモを書く。

部屋を出るので防寒用の上着をきて、内ポケットにメモを折り畳み、入れる。

今日のおやつはドーナツを用意して貰っている。

私はもう食べた。

美味しかった。

思惑通り食堂ではドーナツを食べたり紅茶を飲んだりして休憩してる騎士、レザークを見つけた。

メイドさんのエリーと楽しそうに談笑してる。

……おや？　もしかして、青春してる？

おやおや、エリーの頬が薔薇色に染まっているではないの。

騎士様に憧れるメイド、……良いわね、ロマンが有る。

などと妄想を巡らせていると私の存在を気付かれた。

「お嬢様、今日のおやつのドーナツも美味しいですよ。ありがとうございます」

「本当に美味しいです！」

エリーもレザークに同調して感想をくれた。

「それはよかったわ」

でも二人の語らい時間を邪魔したかも、ごめん。

「ところで、聖者の星祭りはどうされるんですか？　あの少年から金貨を受け取ってしまっていましたが」

あの日同行してた銀髪騎士のレザークは少年に会いに行くのか気になっているようだ。

「寒いだろうから行くかは分からないと言ったら、彼、何時頃どこにいるとかも言わずに去ったのよ。人の多いだろうお祭りで待ち合わせ場所の指定すらせずに偶然会えると思う？」

電話もスマホも無いんだよ。

「それはそうですね」

「まあ、色々貰ってるから、いつかどこかで……何かでお返しをしたいとは思ってるけど」

リスの刺繍のハンカチと頬へのキスとカツサンドはあげたけど。

金貨三枚は貰いすぎたかな。

「お金持ちへのお返しって難しいわね」

悩む。

「……料理で良いのでは。お嬢様の料理は王都にあるのより、美味しいです。感動的なほどなので、金貨を払っても良い」

……騎士も良い物食べてそうなのに、そんなに？

「うーん、まあ、何か作っておきますか。外出時はアシェルさんかお父様が付き添って下さるし」

亜空間収納に入れておけば腐らない、傷まない。

時にメイドのエリーは金貨？　少年？　何の話？　って私とレザークを交互に見て、興味深げな眼差しだが主人サイドのプライベートに突っ込めない様子。

さもありなん。

「……あなた達は、大規模な領民全体のお祭りは無理でも、城の人達用にささやかなお祝いというか、ケーキとか用意したら嬉しい？」

「それはもちろん皆喜びますよ！」

騎士とメイドは嬉しげに笑った。

ドライフルーツを入れたパウンドケーキとシュークリームでも作るかな。

後は鳥肉料理。

でもクリスマスのようなお祭りだからホールケーキが良いかなあ。

見栄えの問題で。

でもバニラもチョコも無いしな。

カカオとバニラもこの世のどこかに無いかな。

行商人がお米を持って来てくれたんだからカカオとバニラも見つけたら持って来て欲しい。

シュークリームにもバニラエッセンスは欲しいのだけど、無いから別の甘い香りのもので代用しようか。

……メープルシロップとか。

「お嬢様は何か欲しい物がお有りですか？」

思案を巡らせていると、私付きのメイドのアリーシャが現れた。

「……植物の図鑑とか、食べられる生物図鑑とか？　このお魚はどこに生息していて、ヒレに毒が有るけど、ヒレを切り落とし、火を通せば美味しく食べられます、みたいな情報付きの本とか有ればば良いのだけれど」

「なかなか難しそうですね」

「この植物にはこういう薬効が有ります。みたいな情報付き植物図鑑くらいあっても良いとは思うのだけれど」

「それは、どこかに有るかもしれませんが、絵付きは高そうですね」

「そうか……やっぱり高いか」

印刷機が無いもんね。

「まあ皆が元気で機嫌良くいてくれたら良いよ」

「と、突然全てを諦めたんですか?」

しゅんとするアリーシャ。

「諦めてないわ。私の周りの皆が元気で、機嫌良くいてくれたら嬉しいから」

これは本心だからと、私はニッコリと笑った。

「え、お嬢様、天使過ぎます」

「天使ではないわね、食欲と物欲が有りすぎる」

エリーの言葉に対するこの私の言葉には、みんな、ついつい笑ってしまった。

私は上着の内ポケットから一枚のメモを取り出して、壁の掲示板に貼った。

シーツサイズの袋状の布を縫うアルバイトの求人メモだ。

布と針と糸は用意済み。

謝礼金は銀貨二枚と書いてある。

羽毛布団を縫ってくれる人を探すのだ。外注だ。

羽毛は通常の水鳥と違い魔物の羽根を使うのだけど、羽根の軸のとこが硬いと布を突き破るので特殊なスライムが軸の部分を柔らかく加工してくれている。

特殊スライムは羽根の事を相談したエルフのアシェルさんの知り合いから借りた。

ミラクルでマジカルな不思議生物である。ありがとう。

少しして布を縫うアルバイトにはメイドのサラが名乗りをあげてくれた。

臨時収入だと喜んでいた。

はじめての……

ガイ君へのお返しを考える。

でも待って、彼は私を平民だと思ってる。

まだ小さいのにハンカチに刺繍して家計を助けるくらいの貧乏人だと思ってるから多めに施してくれてるわけだ。

持てる者が持たざる者にくれてるわけだ。

しかも中身はともかく今の私は四歳の小さい女の子よ。

屋上で剣の鍛錬をする四人の若いイケメン騎士達。

顔で選ばれたのかと思うほど皆顔が良い、謎。

ちなみに何で屋上で鍛錬をしているかというと屋上菜園だ。

ついでに水やりをしてくれてるらしい。

優しいじゃない。屋上に水を運ぶのは何気に大変だから。

最年長の眼帯さんだけ別の場所にいるみたい。

あの方は男らしい低い声というか、バリトンボイスで好き。

私はレザークの前に『ある物』を握りしめて立つ。

屋上は風が強い、私の長いプラチナブロンドがふわっと靡く。

「お嬢様、おはようございます、お早いですね」

朝日を浴びて美しい銀髪が煌《きら》めく。

素振りしていた剣を腰にしまい、私の前で片膝をつくレザーク。

騎士然としている。

「おはよう」

「これを遣わす」

私はキリっとした顔でスッと手を出す。

「え？」

と言ってレザークは手のひらの上に置かれた物を凝視する。

「どんぐり……？」

「いかにもどんぐりよ。お父様と紅葉を見に行った時、記念に拾ったの。四歳の平民の女の子が富豪の少年へお返しにあげるものなんて普通このくらいでは？　と思い至ったのよ」

綺麗な貝殻、綺麗な形の良い小石、春なら野の花って選択肢もあったけど。

これはベストアンサーでは？

「な、なるほど！」

どんぐりを握り込むレザーク。

「じゃあ、返して」

「え、下さったのでは？　今、遣わすとおっしゃいましたよね」

「だって、どんぐりよ？　本気で欲しい訳ないでしょう？」

「しかし、これはお嬢様から初めて賜《たまわ》った物ですし」

「ただのどんぐりよ！　そんなの大事に持っててどんぐり卿とかいうあだ名が付いたらどうするの⁉」

くっ。

たまらず、会話を聞いていた周りの騎士達が吹き出した。

肩を震わせ、笑いを堪えてるようだ。

「いや、しかし、せっかくの」

まだどんぐりを手離さないレザーク。

「良いから、せっかくのとか考えなくても！　あなたは私が平民ではないのを知ってるし、食べ物をあげるわよ。金貨相当の価値があるんでしょ」

「いえ、やっぱりこのどんぐりをいただきます。嬉しかったので」

「嘘よ！」

「他の騎士はまだ誰もお嬢様から直接何かを貰ってないので！　自分が一番なので！」

何か誇らしげに笑っている！

「……そんな、冗談なのに」

「お嬢様、お顔がリンゴのように真っ赤になってますよ、愛らしいですね」

レザーク黙って！　あ――っ！　顔が熱い！

ちょっと銀髪イケメンの困惑する顔を拝もうと思っただけなのに。

「……はあ、そんなバカな」

自業自得ではあるけど項垂れる私。

「お嬢様！　俺達にはどんぐり無いんですか⁉」

他の騎士達が騒ぎ出した。

「もう！　馬鹿な事言わないで！」

お前達は皆「どんぐり卿」（笑）になりたいのか！

私はダッシュで逃げ出した。

お祭りの用意

聖者の祭りの日に向けて、立体的な布花の髪飾りを作ってみる。

この世界における接着剤をアシェルさんが持っていたから、作れそうな気がしたの。

まず、花びらの型紙を作り、必要な枚数と大きさに切る。

接着剤は水で薄めて花弁に程よい硬さを持たせたり、ほつれ止めの為に使ったりする。

皺を寄せて立体感を出しつつ縫う。

私が横長の大理石のテーブルの上で材料をひろげて、内職のようにお花を作ってるとノックの音が響き、「失礼します」と、アリーシャがお茶を持って来た。

「ごめんね。こっちの机は空いてないから、お茶は向こうのテーブルへ置いてちょうだい」

広い部屋なので、テーブルは他にも有る。

「お嬢様、何を作られているんですか?」

「この薄い紫の花飾りはお母様への、聖者のお祭り用プレゼントよ。花弁の色は私用のとお揃い、花芯は違うけど」

「まあ……とても素敵ですね」

アリーシャがうっとりとした顔で言う。

「旦那様にも何かあるんですか？」

「お父様には手袋の端に守護の祈りを込めて刺繍をして渡すの」

「きっとお喜びでしょう」

「ところでこちらの白いお花は城の女性達への贈り物の髪飾りよ。アリーシャの分も有るから」

「え、私達にまで⁉」

アリーシャが驚愕に目を見開いた。

「せめて多少はお祭りっぽく、城の女性達の髪にも飾って欲しいなって、主人側の私達と全く同じ色だと着けにくいかもだし、色は白に変えてるの」

「……城の使用人の女性用なのに白のオーガンジーまで重ねて花びらに使うんですか？　贅沢な上にとても綺麗で可愛いですね」

自分達用と聞いてマジマジと見てくるアリーシャ。

「しかも花芯の部分に透明感のある青の魔石が、なんて綺麗なんでしょう、これは本当に使用人如きがいただいても良い物なんですか？　祭りの後に返却しなくても良いのですか？」

アリーシャはやたらと念を押して来た。

「私からの贈り物なんだから返却はいらないわ。この花芯は屑魔石をくっつけたのよ。屑と言われるだけあって魔力はほぼ無い、でも色はとても綺麗だからアクセサリーに良いなって、城の宝物庫で色が綺麗なだけで役に立たないと放置されていたものをお父様に欲しいと言ってみたら下さったの。他の使用人達にはまだ内緒にしておいてね。合わせる服が無いとか悩ませたくはないから。私はメイド服が可愛いと思ってるし、その服のまま髪に飾ってくれたらそれで良いの」

それは、本心だった。メイド服大好き。

ドレスも着せてあげたい気もするけどね。

「まあ、皆絶対に喜びます」

アリーシャは目をキラキラと輝かせて髪飾りを見ていたんだけど、ややしてからハッとした顔になる。

「あ、お茶をお淹れしますね！」

ティーセットをテーブルに置いただけでまだカップにお茶を注いでなかったと思い出したようだ。

冬は庭のお花も少ないので、実は祭壇用も作って祭りの前にいち早く飾った。

こちらの花飾りは白いオーガンジーと青の生地で花弁を。

花芯の魔石は水晶を使った。神様用に屑魔石は使えないので。

お祭り当日になったらお父様にお願いしよう。

「お母様の髪にお父様が花を飾るシーンがまた見たい」って。

お母様の分の花芯は屑魔石ではなく、ちゃんとしたアメジスト色の魔石。

私の分は屑魔石で十分なので透明の屑魔石。

それとお母様には追加で幸せと守護の祈りを込めてハンカチも。

すみれの花の刺繍入り。

お母様はすみれの花が好きだから。

ところでパーティーでは憧れの漫画肉を食べてみたいと思っている。

メインは鶏肉の予定だけど、一つくらい漫画肉があっても良いのでは？

骨付きの大きいお肉。

骨を両手で掴んでかぶりついてみたい。

でも両親の前では無理だわ、なんとかこっそりと……食べられないものか。

聖者の星祭りと贈り物

「聖者のお祭りの日？」

お父様の執務室でお伺いをたてる私。

「その日は城の皆を労ってサロンで夕食会をするのだろう？」

「はい、でもそれは夜です、昼は王都等に行く予定はありませんか？」

「私は仕事をしているし、ティアも昼は夜の為の準備で忙しいのでは？」

「基本的に料理をするだけなので前日までに作って、亜空間収納に入れておくとかいう選択肢もあるかなって」

「冬だし、寒いぞ、せめてもう少し大きくなってからにしなさい」

「……昼からでも、お祭りともなれば出店とかあったりしませんか？」

「もちろんあるぞ、その分、人はいつもより多い。昼間から酒を飲んでる奴もいて、治安も悪化する。……そんなに出店が気になるのか？　市場で串焼きも食べただろう」

もしかしたら待ってる人がいるかもとは言いにくいな。

何しろ時間も待ち合わせ場所も決めてない。

「買い忘れた物があるなら使いを出すか、商人を呼びなさい」

……どうも、無理みたい。まだ私は小さいもんね。ごめんね、ガイ君。

「分かりました……」

「お嬢様。きっとすぐに大きくなれますよ」

文官が慰めの言葉をかけてくれるけど、それはそれで抱っこや添い寝をお願いしにくくなるデメリットが有るのよね。

「ありがとう……」

一応お礼は言う。

ままならないものね。

＊　＊　＊

冬、一二月も半ばを過ぎた頃、祭り当日。厨房にて。

ドライフルーツ入りのパウンドケーキとシュークリームを作る。

試食タイム。

「なんですか？　この美味し過ぎる食べ物」

シュークリームを試食しつつ料理人が感激してる。

「シュークリームよ」

「こっちのパウンドケーキとかいうのも、大変美味しゅうございます！」

「うん、ケーキは美味しいわよね」

甘い物は素晴らしい。幸せの味。

これで作り方は教えたので以後は頼めば作ってくれる。

そして美味しそうに焼いた鳥の丸焼き。

冬の祭りと言えば鶏肉が食べたくなる、条件反射的に。

パーティーと言えばピザだね。という事でピザも追加した。

更にフライドポテトも。甘いシュークリームの後で塩味が欲しくなる人もいるでしょう。

……そして漫画肉!!

厨房で美味しそうに焼き上げた漫画肉を前にして感動する私。

焼き立ての湯気もたってる……美味しそう。

「今から目にする事は秘密よ」

厨房でやおら不穏な事を言う私に料理人達は驚きでビクリとし、体を固くした。

憧れの漫画肉！

骨を両手で掴んで、端っこをガブリ！

なんとパーティーが始まる前に私は一人、漫画肉に齧りついたのだ！

厨房で！　作業台の前に置いた幼女の低い身長をカバーする足場の上に立ったまま！

「お、お嬢様、何を」

モグモグモグ……。おお、肉汁が口の中に広がる。美味しい……。

「……やってみたかったの、大きいお肉に齧りつくの！　お父様とお母様には内緒よ、行儀が悪いと怒られるから！」

淑女にあるまじき姿。

「は、はい……」

唖然とする料理人達。

「これは、私用のお肉だから良いの」

と、私は真面目な顔で言った。

「そうだったんですね」

納得した料理人達。せざるを得ないが。

「……くっ」

厨房の入り口から漏れて来る笑い声。

アシェルさん！　何故厨房に⁉　美味しそうな匂いに釣られて来たの⁉

「み〜た〜ぞ〜」

「見なかった事に」

アシェルさんがからかうように笑ってる。

お願いします！　と、私は懇願《こんがん》する。

「どうしようかな～」

しゅたっ！　私は足場から飛び降りて、たたたたっ！　と漫画肉を掴んだままアシェルさんの眼前にダッシュ。

「食べて！」

ぐいっと重量挙げのように漫画肉を掲げる私。

「!!」

アシェルさんの前には美味しそうなお肉！

一瞬の逡巡のうち、……パクリ。食った！　長い足を折り曲げ、屈みつつも！

「美味しいわよ！」

「これで共犯よ！」

「ははは、ホントにティアはしょうがないなあ」

アシェルさんは体を起こし、背筋を伸ばしてから笑った。

お互い、端っこから食べたのでまな板上で、そこら辺を包丁で切り落とす。

「――何も、無かったわ」

嘘であるが言い切る。

「それ、食べかけはどうするんだい？」

「非常食よ。しまっておいて、亜空間に」

「え、ジーク達には食べさせてあげないの？　そのために端っこ切ったのかと」

「食べかけなんだもの。お父様達には……別に焼くわ。大きい骨付き肉を、もう一つ焼いてちょうだい」

「はい」

まだ時間はあるから、料理人に追加で指示を出す。

速やかに準備にかかる。

「家族だし、切り分ければ良いのでは」

「このお肉は齧り付くものなの」

それがベストなのよ。

まあ両親は齧りつかず、切り分けて上品に食べるでしょうけど。

「そうなのか、しかし、非常食って？」

「そのままよ、お腹が空いたら食べるの」

「クク、ティアは面白いなあ」

ってまた笑ってるわ、このエルフ。

もしかして、私、「おもしれー女」判定かな。

いや、おもしれー幼女だわ。

漫画肉に齧り付く幼女はレアかつ、面白いのかもね。

…ん？　でも待って？

「お父様は元冒険者じゃない！　大きい骨付き肉に齧り付いたりしてなかったの⁉」

「それは……してたけど」

アシェルさんは明後日の方向を見て言った。

「ほら、お父様がしてたから、良いのよ」

「ふふ……いや、良くはないよ」

おかしげに笑ってるけどマジレスをしないで！

「ジークは今と身分が違うし、ティアは産まれた時から令嬢だよ？」

何故今更正論を……！　共犯じゃないの！

「私には冒険者の血が流れてるからこの血には抗えなかったの！」

「そんな言い訳有るか⁉」

エルフの突っ込みを聞かないふり。

何も聞こえなーい！　と、言いつつ耳を塞いで厨房から出る事にする。

出口付近で一瞬振り返って言う。

「後は任せたわね、厨房の皆さん」

お騒がせしてごめんね。

「はい、お嬢様！」

厨房の皆さんは素直で大変結構。

さあ、ドレスに着替えて自分の身支度を本格的にして、女性達に花飾りを配るわよ！

今夜は聖者のお祭りの夜だもの！　窓の外はもう夕闇に包まれている。

お父様がお母様の髪に花飾りを着けるのを目撃しなくちゃ！

推しのスチルが有ればフルコンプしたい派だもの。

記録がセーブ出来なくても、せめてこの目に焼き付けなければ！

花飾りは女性達に大変喜ばれた。嬉しそうな女性を見るのは良い気分だわ。

お父様がお母様の髪に花飾りを飾るのも見られた。

……素晴らしい。

うーん、絶対美麗スチルなのに、記録出来る魔道具は無いのか。

美味しいご馳走達も全部揃ってテーブルに並べられた。

サロンも城の人達で賑わっている。

髪飾りを着けたメイド服の女性も頬を染めて口々に「似合うわよ」等、褒めあっている。

愛らしい。

「お嬢様、本当に素敵な贈り物をありがとうございました！」

女性達に口々に礼を言われた。

「良くってよ！」

私はまだろくに無い胸を張った。（四歳）

あ、そうだ、今夜は無礼講だそうよ。

「良い聖者の夜を！　聖女と冬の星々に乾杯！」

ワインの入ったゴブレットを掲げたお父様のイケボが響いて祭りは本格的に始まった。

窓の外には冬の星達が輝いている。

だが、誰も星を見ていない、ご馳走やお酒に夢中になっているようだ。

「何これ美味しい！」などという声があちこちで聞こえる。

一応、領主一家、騎士様達、使用人達でテーブルは分けてある。

アシェルさんはお父様のお友達なので領主一家のテーブルに混ざってる。

同じテーブルだと無礼講とは言え、平民は料理に手を伸ばしにくいかもという配慮によって。

てか、騎士達の食べっぷりがすごい。

「おい、お前、もう少し味わって食べたらどうなんだ？」

同じ騎士でも優雅な銀髪のイケメンが嗜める。

「味わってたら無くなりそうなんだよ」

一方、食い気に支配されている騎士よ……。

……味わって。

まあ良いわ、皆、楽しんでね。

お父様とお母様からの私への贈り物はなんと植物図鑑！

アリーシャの私への質問は欲しい物のリサーチだったみたい。

やったー！　今度いっぱい植物を調べてみよう。

「丁寧に刺繍してあるな、ティア、ありがとう」

贈った刺繍入り手袋を見て、お父様が言う。

「その手袋嵌めてみて下さい」

「今？」

「今です」

私が促すと、素直にはめるお父様。

「どうだ？　似合うか？」

「……最高です！　次は外して下さい」

植物図鑑を抱きしめながら満面の笑みで言う私。

「まあ、貰ったばかりで汚すわけにはいかないしな」

お父様はそう言って素直に手袋を外すが、真意に気が付いていない。

「ティア？　着けたり外させたり、何がしたいの？」

不思議そうな顔をして私に問うお母様。

「そのまんまです。手袋を着けたり外したりする様を眺めるんですよ」

セクシーでしょう？

「⁇」

お母様にそういう性癖は無いようだった。首をこてんと傾げた。

なんと勿体無い。この良さがお分かりにならない。

けどイケメンが手袋はめたり外したりする仕草が好きな女性が多いのを、私は知っている！

（前世ではスーツの男性がネクタイを緩める仕草が好きな人も多かった）

周りを見やるとメイドさん達がキャッキャしながらお父様を見てる。

ほら、ご覧なさい、私は間違っていない。

――おっと。お母様への贈り物は髪飾りのみでは無い。

「スミレの刺繍のハンカチね、綺麗に出来ているわね。上手よ、ありがとうティア」

花のような笑顔で頭を撫でて貰った。うふふ。極上の美女（母）に褒められた。

会えない時間

（ギルバート視点）


一方、時はやや遡《さかのぼ》る。聖者の星祭り当日、王都の王宮の朝。

「ギルバート様、今日の外出は無理ですよ、祭りには王族も出席しますから、準備に時間がかかります」

いつもの側近が言う。

俺は豪奢な室内で窓を開け、朝の冬空を見ていた。

城内は慌ただしく祭りの準備をしていて多くの人間が動いている。

庭園にも星を眺める為に数多くのテーブルセットや焚き火の用意がされている。

外の星見席が使われるのは夜だ。

楽団や歌い手の為のステージも用意されてある。

俺の部屋の中は暖炉も有るし、火もちゃんと入ってる。

だけど俺が窓を開けているせいで、肌を刺すような冷気が入って来る。

でも王城内の空気を吸うよりは良かった。

「あんな小さい女の子が祭りで人が増えて酔っ払いも増える日に、来る訳ありません、親が外に出しません」

「それもそうか……危ないか……」そんな気はしていた。

でも、アリアの天使のような愛らしい姿を見てると、嫌な事がひと時忘れられた。

だから、隙あらば探しに出たくなるのだ。

「既に金貨の贈り物も先に渡してありますし」

「冬支度に使っただろ」

金は使えば消える物だ。

「きっと殿下のお金で美味しいものを食べて感謝してますよ」側近はそう言いながら窓に近寄って来る。

「それなら、……まあ、良いか」

俺は軽く頷き、白い息を吐く。

窓は開け放ったまま。

「寒くないですか？　いや、寒いですよ、換気は十分です。もう窓を閉めましょう、空なら、今夜の祭りで堪能出来ます」

ガタンと、側近が強引に窓を閉めてきた。

今は諦めて従うしか無い、王子とは言え、正室の子でもない俺はろくな後ろ盾も無い、無力な子供でしかないのだから……。

「湯殿の準備が整いましてございます。その後、正装にお召し替えを」

王宮の侍女が声をかけて来た。

「分かった」

王や王妃、兄上達のいる昼食会にも出ろという事だな。

城下街の祭りの賑わいに想いを馳せつつ、風呂に向かう。

「あ、刺繍のハンカチを用意しておいてくれ、蔦のやつ」

侍女に指示を出しておく。

「かしこまりました」

アリアの刺繍のハンカチは執事の手配により、魔道具店より一枚だけ蔦模様の物を確保出来た。

正装をしたらポケットの中にお守りとして入れておこう。

憂鬱《ゆううつ》な食事会はそれで乗り切る。

ちなみにリスの刺繍は相変わらず壁に飾っている。

鑑定鏡を持つ従者が、蔦のハンカチには守護の魔法相当の力が刺繍から感じられると言っていた。

あの幼い女の子はなんなんだ、天使が人間のふりをしてる訳じゃないだろうな？

しかしそれなら何故貧乏なんだ。

謎である。

暖炉と保存食と本

暖かい暖炉の側。

絨毯《じゅうたん》の上に毛布を敷き、二重に重ねて、更にその上に羽毛を入れた敷き布団を置く。

マットの代わりに羽毛の敷き布団の上に転がる。

フカフカ……気持ち良い。

上履きは脱いで布団の後ろに置いている。

上履きは土足禁止の場所で使う為の日本文化と聞いていたけど、自分用には用意した。

絨毯を汚したくないのだ。

お父様が来る前に寝落ちしないよう体を起こし、暖かい暖炉の前でリボン用の布に刺繍をしながら待つ。

前世で見た刺繍リボンは可愛かったなあ、と思いつつ。

あのクオリティは厳しいのだけど。

ハンカチは普段はポケットや鞄に入ってて刺繍は出した時しか見えないけど、リボンなら見えるし、身に着けてると、可愛い気がするのだ。

私の側には刺繍に飽きた時用の植物図鑑と、聖女と勇者の小説がある。

この本はお父様に読んで貰う為に置いてる。

あ、お父様がいらした！　刺繍を脇にある木製の箱に入れる。

扉を開けて談話室に入って来たお父様は風呂上がりのようだ。

髪がまだ若干濡れ、肩に布をかけている。

「早く暖炉の前に来て下さい」

湯冷めしないように。

「今行くよ」

お父様は長い足でこちらに歩いて来る。

「今夜は本を読んでくださる約束でしたよね」

お父様は靴を脱いでそれを後ろにやり、私の隣に胡座をかいて座った。

「ああ。この本か、聖女と勇者の話」

「あ、聖女で思い出したのですが、冬の聖者の星祭りは、聖女と星を祭る催しみたいなのに、何故聖女の祭りではなく、『聖者』となっているのですか？」

「いずれ聖女と同等の奇跡を起こす男性も現れる可能性を考えたのと、聖女を支え仕える者に聖職者の男がいたからだとか。まあ、聖者って言っておけば聖女も含まれる。聖なる者という意味だから」

「なるほど」

念の為に聖女に限定してないのか。

「納得いったところで、この本を私に読み聞かせて下さい」

さっと本を差し出す私。

「それは良いが、何故自室に呼ばず、談話室なんだ？」

本を受け取りつつも疑問を口にするお父様。

「それは私の部屋だと、入れる人が限られてしまうからです、私の他にもお父様の美声の朗読を聞きたい人がいるかもしれないので」

「はは、まさかわざわざ冬の寒い夜に自分の部屋から出て、そんな事をしに来るやつなど……」

と、お父様は言いかけたけど、談話室にお母様が入って来た。

お母様付きのメイドも一緒。

更には夜食を持ったアリーシャも来たし、騎士も二人、ローウェとナリオが入って来た。

「は？」

お父様は困惑した。

「いや、談話室だし、朗読を聞きに来た訳ではあるまい」

雑談しながら酒でも飲みに来たのでは？　とお父様は思ったらしいが、

「あなたの朗読が聞けると聞いて、私は来ました」

お母様はきっぱりと言った。

「……騎士の諸君等は違うのだろう？」

「夜食を食べながら領主様の朗読が聞けると聞いて参上致しました」」

ローウェとナリオはなんて正直なの。しかも笑顔でハモってる。

「こやつらは夜食に釣られたに違いない」

言いながらお父様は苦笑した。

「暖炉と言えど、火を見ながら冒険の話を聞けるのは嬉しいです」

私がニコニコしながらそう言うと、「そういう物か？」と、お父様は首を傾げた。

「旅の途中で野営して焚き火の場面があるでしょう？」

「確かにあるな」

パチパチと小さな火花が爆ぜる音が臨場感を出してくれると思う。

お母様は一人がけのソファに座り、騎士二人は二人で長いソファに並んで腰掛けた。

メイド二人はお茶や夜食をテーブルの上にセッティング。

素晴らしい声で読み聞かせてくれるお父様。

騎士達はチーズや豆をつまみつつ、お茶を飲んで聞いている。

お酒はまだ飲んでいない。領主が朗読してくれてる間はお酒は無理か。

しかし、領主の妻であるお母様はチーズと野菜スティックにディップソース付きと、ワインを楽しみつつ、お父様の声に耳を傾けている。

私は葡萄の果実水を飲んでいた。ぶどうジュースだ。

程よい所で野営のシーンが来た。

川魚を木の枝に刺し、焼いて食べる勇者と聖女。

小説の中で勇者達が食事が終わってテントで寝る。という頃に、長いから今夜はここまで、と言われた。

「お父様、ありがとうございました！　とっても素敵でした！」

感謝感激である。

お母様もうんうん、と、頷いている。

「そうか、それは良かった」

やや照れぎみのお父様。

「そして今が燻製したお魚を食べる時！　よし！　暖炉で燻製のイワナを軽く炙ります。大人はお酒を飲んで良いですよ」

騎士達もお酒を遠慮なく飲めるように私が促す。

「お嬢様！　私達がやりますので！」

メイドが二人、慌てて出てくる。

「おお……」

暖炉でお魚が炙られる様子を見て感嘆の声を洩らす男性達。

片手にはゴブレットを持ち、酒を飲んでいる。

私は木製の箱をお父様と私の前に置き、上にトレイを置いて銀杏と飲み物、そしてお皿を置く。

「テーブルとソファのある方に移動はしないのか？」

と、お父様が言う。

「私はここから動きません、お父様はお母様の隣に移動しても良いですよ？」

「そんなにまで暖炉の側にいたいのか……」

お父様は軽く笑いながら、立ち上がり、靴を履いてお母様の隣のソファに移動した。

ちょっと寂しい。

「じゃあ、俺がお嬢様の隣に」

と言って、ローウェがやおら立ち上がるが、ナリオがローウェの服の裾を慌てて掴んで言った。

「いや、それはおかしいだろ!?」

「お嬢様が寂しいかと思って」

「ティア付きのメイドがいるだろう」

ローウェはそう弁明するも、お父様がアリーシャを指名したので従った。

「じゃあ、アリーシャは、ここね」

私は自分の隣を軽くぽんぽんと叩く。

「はい、お隣を失礼します」

炙った魚を持って来て皿に置いてくれた。

お父様達の方にもお魚が置かれる。

皆、手に取った燻製のお魚やお酒でご満悦の様子。

私も暖炉の火を眺めながらお魚を食べる。

「美味しい……」

モグモグ。

「本当に美味しいですね」

「最高です」

ローウェとナリオも絶賛。

「ティアはそれを食べたら、早めに寝るんだぞ」

と、お父様に釘を刺された。

ぐぬ……。

「そうですよ、もう子供は寝る時間です」

お母様にも言われた。

四歳児に夜更かしは許されなかった。

私は木箱からトレイをどかして、図鑑や本を入れた。

箱はメイドが私の部屋まで運んでくれる。

仕方ないので食べたら歯を磨いて寝ます。

おっと、その前に日課のお祈りしてから。

……おやすみなさい。

五歳の誕生日と精霊の加護の儀式

春になった。庭の庭園も華やいで来て美しい。

でも朝はまだ寒いし、羽毛の敷き布団はふわふわで、ベッドに設置したら良い感じ。

良い感じなのでお父様とお母様に添い寝を頼んだ時は私の部屋に来ていただき、このふわふわを体感して貰った。

この羽毛敷き布団とお母様のたわわの柔らかさ、どちらもそれぞれ素晴らしい。

お父様の腕の中もぬくぬくしてて素晴らしい。

ちなみに私の羽毛敷き布団は魔物の羽を使ってる。

魔物の羽根で布団作るとか変わった子だなと両親に言われたけど、鑑定鏡を使ったアシェルさんが呪いも毒も無いから大丈夫だって言うし、気に入ってる。

お父様も実際に使ってみて、「悪くない、いや、かなり良い」と言っていたし、お母様は「私の分も作れるかしら?」と言っていた。

アシェルさんが狩りをして羽毛がまたたまったらくれるらしい。

お母様にも作ろう。

四月末には私の五歳の誕生日が来て、五月五日には精霊の加護の儀式がある、貴族が五歳で、平民は七歳で儀式があるらしい。

精霊の加護付きはほぼ魔力の多い貴族にしかいないから分けられているとの事。

王都に行かずとも地元ライリーの神殿で高位の神官か巫女が居れば儀式は出来るから、地元でやる事に。

良かった、王都で他の高位貴族と会いたくない。怖いもん。

地元の貴族の五歳なら私と騎士の家の子くらい。

この世界の騎士は下級貴族に相当するらしい。

騎士の血が流れていたら今日ここに来れる。

貴族の血が混じっていない養子は無理で、平民と同じ七歳まで待つことになる。

このライリーには国境と魔の森が有り、王国より騎士家には助成金が出ている。自国防衛の為である。

四月の某日。

私の誕生日当日。

身長が多少伸びてた。良かった、育ってる。

確か、四、五歳の時の栄養は特に大事だって前世で見た気がする。

パーティーは私から料理のレシピを習った料理人達が腕を奮ってくれた。

両親からのプレゼントは新しい淡い黄色のドレスと靴と、万年筆。

中にインクが入ってるやつ！　ずっと欲しかったの！

嬉しい！　入荷したら即完売の入手困難の物らしいのに頑張ってくれたみたい。

アシェルさんは紫のスイートピーの鉢植えと綺麗な魔石をくれた。

アシェルさんもお母様と同じく紫が好きなの？　と聞いたら、

「紫のスイートピーの花言葉が永遠の喜びだったから」

だそうな。
ロ、ロマンチストかな？　……ありがとう。やや照れる。
花や野菜を一生懸命育てたり、石鹸を作ったり、色々してる間に五月五日の精霊の加護の儀式の日が来た。

空は青く澄んでいる。晴れて良かった。

誕生日に貰った新しいドレスと靴をおろして着て行く。

シャーベットカラーの黄色いドレス。

白い花のレースも付いてて爽やかで綺麗。

馬車を走らせ、なかなかに豪華な神殿に到着。

あれ？　周囲に瑞々しい緑が、植物が有る。

お父様に聞くと神殿とその敷地内も結界に守られて瘴気にやられていないそうな。

流石、神様を祀る所だわ。

騎士の子供も親と一緒に七人くらい先に来ていた。

遠目で見つけた呼び交わす騎士達にちょっと見惚れる。良い光景だわ。

領主一家の我々が来ると見るや、一斉に礼を執る。

領主が声をかける。

正装をしたお父様とお母様がめちゃくちゃ素敵。

——程なくして、厳かな儀式が始まる。

扉の手前には中央の絨毯の道の両脇に白い天使の像が並んでいて、その間を我々が、巫女や神官の後を附いて進む。

重厚な扉を開くとお香のような香りがふわりと広がる。

奥には五柱の神様の像が祀られていた。

戦神　水の神　太陽神　月の女神　大地の女神という順番で横に並んでいる。

私の作った祭壇と偶然？　同じ並び。中央はやはり最高神の太陽神。

整列した青い衣装の巫女さんが歌を歌う。美しい歌声が神殿に響く。

天井は高く、ステンドグラスの窓から入る光が乱舞するように輝いている。

次に祭典に奉仕する神官が神様に奏上する言葉、祝詞《のりと》を唱える。

先に騎士達の子の加護の儀式が始まる。

私がトリを務めるって事か。

葉の付いた枝を持つ白い衣装の巫女が騎士の子供の前に立つ。

本日、白を纏《まと》っているのが最高位の巫女だ。

保護者の騎士が側で見守っている。

巫女の祈りの後に子に何の精霊加護を賜ったか知らされる。

風、水、炎、地、地、風、水。

騎士の子七人はそれぞれ一種ずつの精霊の加護を賜った。

……氷も光も居ないな。

本当にレアらしい。

いよいよ私の番。ドキドキする。新しいドレスと靴で巫女の前に立つ。

巫女が手に持つ枝を五芒星を描くように動かした。

「天におわす神々よ、永遠なりし、無垢なる光よ、導き照らし、その神威を持って我等に心眼をひと時、貸し与えたまえ……」

一瞬、ざわりと鳥肌が立った。

「――告げる。まず、大地の色が見えます……大地の精霊の加護がお有りです」

野菜作りに向いてる！

「次に……緑色、植物の精霊の加護が有るようです」

……やはり植物育てるのに特化してない!?　……とりあえず良かったわ。

「……プラチナの光、光の精霊の加護が有ります」

!!　治癒魔法つかえる!?

おお～!!　と、儀式を見守る皆さんの歓声が響く。

やはりレアなんだね。

両親も満足そうに頷いた。

「他にも何か……変わった気配を感じますが、……何かは分かりません」

何それ。

ちょっと巫女さん、私が変人だって気が付いたって事!?

「邪竜に呪われた事があるのだが、まさかその影響が？」

お父様が心配して聞いている。

「いいえ、そんな邪悪な気配ではありません。悪い物ではないのは断言出来ます」

まあ、なら、いいかな。

「そうか、それなら良い」

お父様も私と同じ意見だった。

「三種も加護を賜るとは、流石、辺境伯令嬢でございますね」

と、巫女さんが微笑んで言った。

「セレスティアナ様は大地と植物の属性の精霊の気配が現時点で既にかなり強いです。……植物を育てていませんでしたか？」

巫女さんが鋭いツッコミをして来た。

「そ、そう言えば、魔法、呪文等はまだ習ってないので知りませんが、庭の植物に歌を聞かせていました。植物は歌を聞かせるとよく育つと聞いたので」

野菜育てて土いじりしてたとは言えない。

「なるほど」

巫女さんは納得したように微笑んだ。

あはは！　セーフ！

「ありがとう」

とりあえず礼を言っておく。

うーん、亜空間収納の時魔法は無理かな。

ちょっと残念だけど、光魔法があれば治癒魔法は使えるようになりそうよね。

「大地、植物、光魔法の初級魔法の冊子が一冊につき銀貨一枚で購入いただけます」

神官が私や両親に向かってそう言った。

本人の持ってる属性用を一冊ずつ買えるらしい。

「買います」

私はお父様の袖をひいて言った。

魔法の本は貴重だもの。初級用であっても。

「分かった」

お父様がそう言うと、本日供をしている執事が財布を出して支払った。

神殿を出る時にはゴーンゴーンと鐘の音が高く遠く響いた。

儀式の終わりを告げたのだろうか？

この後は、ライリーの城の庭園で加護の儀式に参加した騎士達家族を招いてパーティーがある。

騎士の子供

（セドリック視点）


僕の名前はセドリック。

精霊の加護の儀式を終えたばかりの騎士の子。

季節は五月。

ちょうど庭園の薔薇が美しく咲き誇っている。

精霊の加護の儀式を終えて、ライリーの城に招かれた僕は、花一杯の庭園で、天使のように綺麗で愛らしいお嬢様を見ていた。

セレスティアナ様のプラチナブロンドは五月の陽光を受けて煌めいている。

僕が賜った加護はお嬢様と同じ大地の精霊の加護だった。

大地と聞いて地味な感じがしたけれど、お嬢様も同じ属性持ちだったので、嬉しい。

今日、お嬢様が着ている淡い黄色のドレスは、光を集めて作ったかのようで、春を司る妖精だと言われたら信じそうになるくらいだ。

僕は騎士の子供だから、いつかこのお城に勤める事が出来たらいいな。と、思った。

国境の砦などに配属されたら、お嬢様を見る機会もあまり無いだろう。

「セドリック、この料理を食べてみろ、ものすごく美味しい。城の食事が王都の食事を凌《しの》ぐ美味さという噂は本当だったようだ」

満面の笑みの父様に言われて、お嬢様に目を奪われていた僕はようやく食事に目を向ける。

確かに良い匂いがする。

なんだか減りが早そうな茶色い肉の揚げ物らしきものを食べて見る。

美味しい！

パーティー会場を見渡せば、揚げた芋らしき物も人気があるな、酒飲みで有名な騎士がゴブレットを片手にしきりに皿に盛っている。

あ、これも、揚げた芋に塩をかけただけのようなのに、美味しい。いや、まず、揚げ物をしようとすれば多くの油が必要、うん、贅沢な料理だ。

「ほら、あれが油が採れるオリーブの木だ」

父様が離れた所の一画を指して教えてくれた。

なるほど、あれと獣の肉の油を混ぜているのかもしれない。

うちの庭にもあの木植えられないですか？　と、聞くと、この地は瘴気の影響にあるから厳しいと言われた。

城の敷地内は結界内にあるから守られているらしい。

天使のように清らかなお嬢様に、瘴気の影響が無くて良かったと僕は思った。

「お嬢様には専属の護衛騎士は付かないのですか？」

と、父様に聞いてみた。

良家の子女には大抵付くものだ。

「領主様の話だと一〇歳くらいになったら選ぶと言われていたぞ」

あと五年！　でも選ばれるのは大人の騎士だろうな。

八歳くらいでダンスを習えと言われてるから、せめてダンスの練習相手にでも呼んでいただけないものか、大人では身長が合わないと思う。

「おい、セドリック！　さっきメイドに聞いたんだけど、この煮込みハンバーグとやら、めちゃくちゃ美味いぞ！　食べてみたか？」

同じく騎士の子供の友達のマルクスが声をかけてきた。

「俺の家も親がひき肉製造機を買って、教わったレシピでハンバーグを作って出されたのを食ったし、美味しくて驚いたけど、ここまで美味しくはなかった。あ、あそこの豚の腸詰めも美味しかった、なんかハーブが効かせてあるそうだ」

と言って、少し離れたテーブルを指差すマルクス。

「以前、豚の腸詰めを作る時は包丁で細かく切って、それを口金付き革袋に入れ、グニュっと押し出して腸に詰めていたらしいが、あの道具を使うと机の端に固定して肉入れてハンドル回すとニュルニュル肉が出るらしい」

更には従来のひき肉、腸詰めの作り方までも親切に説明して来るマルクス。

「うちも最近父様が挽き肉製造器を購入した時、お前の家と同様にハンバーグを料理人が作ったのを食べたし、美味しかったが、これは煮込んであるのか」

僕はマルクスの手元にある煮込みハンバーグとやらを凝視した。

「見てないで食べた方がいい」

マルクスが猛烈に推して来るので僕も食べてみるとする。

「え、美味すぎる、なんだこれ」

よくわからないが、めちゃくちゃ美味い！

やや、深めの皿に汁ごとハンバーグを取り分けたんだけど、何？　この汁が美味いのか？

スプーンで汁を飲んでみる。

うん、汁も美味い！

「ちなみにこの汁にパンを浸けるとさらに美味しい」

ドヤ顔でマルクスが言うが、こんなパーティー内でパンに汁を浸けるのは無作法では？

家なら良いけど。

「このパン、驚くほど柔らかいのよ」

急に母様がお皿に焼き立てパンを複数乗せて出てきた。

パンのいい香りがする。

そして母様の頬が薔薇色に染まっている。興奮状態？

僕は食べてみますと言って、母様にパンを一つ分けてもらう。

ええー!?　めちゃくちゃ柔らかいし、美味しい!!

「な、何ですかこれ、魔法でも使ってるんですか？」

味もだけど柔らかさに僕は驚く。

「貴重な魔力を料理に使うとも思えないけど」

母様にも謎のようだ。

「どれもこれも美味しいから、色んな種類のを少しずつ食べた方がお得だぞ」

と、父様が言う。

確かにそうかもしれない。

「このピザという料理も酒に合うな」

「あなた、お酒はほどにしてくださいね」

「わはは」

父様が母様に注意されているが、父様は笑って誤魔化そうとしている。

「あら、ケーキが出てきたわ」

メイドが運ぶ料理にめざとく気がついた母様。

砂糖は高いので、甘いものは貴重だ。

「よし、取ってきてやろう」

「父様、僕のも宜しくお願いします」

「ああ、分かった」

母様の点数稼ぎに、父様が甘いものを取りに行く。

女性的には食べ物に凄い早さで飛び付くのははしたないと思われるのだろう。

父様がトレイを借りてケーキを取ってきてくれた。

「まあ、なんて美味しいのかしら」

「天才料理人でも雇っているのかな」

両親ともケーキを絶賛。

僕も食べてみたけど本当に美味しい。ドライフルーツがふんだんに使われている。

「パウンドケーキというらしい」

父様がケーキの名前を教えてくれる。

僕の家じゃクッキーやカヌレやプディングくらいだな、出てくるオヤツは。

知らない料理が沢山出て来る。

「あ、城勤めの騎士があそこにいるな、挨拶して来る」

そう言って父様が若い騎士達のいるテーブルへ向かった。

しばらく何か話して戻って来たと思えば、

「城に配属されてる騎士が休暇で家に帰る時は交代するって話を付けた」

と言った。

父様は普段は騎士団宿舎の方で書類仕事と技術指南等をしている。

アーノルド父様は……ずるい！

「父様、普段の仕事はどうするのですか⁉」

母様も呆れ顔で父様を見てる。

「代理を立てる」

「え、それ大丈夫なんですか？」

「大丈夫な騎士を選ぶ」

いけしゃあしゃあと父様が言った。

「狡《ずる》くないですか？　僕もお城に行きたいです」

「五歳の子供が何を言ってる、遊びに行くのではなく、警備の仕事だぞ」

「お城は結界に守られてほぼ巡回と警戒だけなのでは」

僕は半眼になって言った。

「それでも、不測の事態には備えておかねばならぬ」

父様は美食の虜になったようだ。城にいる時はそこで食事が出る。

僕はお城に居るセレスティアナお嬢様に会いたい。

父様がお城で領主様のお気に入りにでもなれば、お嬢様のダンスの練習相手に僕を呼んでくれる可能性が高まるのではないか？

八歳になってからで良いから。

……しかし、遠いな。八歳か。

とりあえず片手に果実水を入れたゴブレットを持って、領主様の目の前を行ったり来たりして存在をアピールなどしてみた。

……しかし、ジークムンド様はめちゃくちゃかっこいいな。憧れる。

奥方様も氷の精霊の女王様のように美しい。

「お前、何ウロウロしてるんだ？」

マルクスがケーキを食べながら話しかけて来た。

うるさい、ほっといてくれ。

よし、次はお嬢様の目の前に移動するぞ。

「ごきげんよう、今日は楽しんで下さいね」

天使が喋った。いや、お嬢様が声をかけて下さった！

「は、はい、ありがとうございます！」

名乗りとかの挨拶は神殿で済ませてあるからお礼だけようやく言った。

ああ、本当にセレスティアナ様はめちゃくちゃ可愛い。

花のように可憐に微笑んでおられる。

やっぱり、いつかお城に勤める事が出来るように、頑張って体と剣技と魔法を鍛えようと僕は思った。

パーティーが終わって帰る時、今日参加した騎士家の者には、やたら美しい領主夫人からお土産としてあの柔らかくて美味しいパンと香りの良い石鹸をいただいた。

皆喜んでいたが、特に母様が大喜びだった。

土魔法とシャンプーとリンス

土魔法の練習をします。せっかく精霊の加護を賜ったので！

神殿で貰った教本によれば、まず、体に魔力を循環させる。

…………魔力を感じる。

……温かい、これが魔力か……。

土魔法は創造魔法の系統で、イメージの力でわりと好きな形を作れるそうだ。

私はオタクだし、妄想力や想像力はわりとある方ですよ。

なので私は作る！　アレを！

モコモコと土が盛り上がり、イメージ通りの形を成す。

カチーン！　…………次に、強固に固める！　固定！　ガチーン！

イメージするのは美容室で客が髪を洗って貰う時の倒した状態の椅子！

更に追加で！

ボコッ、モコモコモコモコモコ！　椅子の隣の土が盛り上がり、形を成す！　カチーン！

頑強に！　固定！　………ガチーン！

できた！　洗髪台！　（洗面台みたいなやつ）

洗髪台から下の管を通って下の方で洗い流したお湯を受ける桶か何かを置くかなと思っている。

まあ、リクライニング機能は無いし、クッション性もゼロの、石で出来た椅子の彫像のような物。

「お、お嬢様、こんな所……お外に重そうな物、作ってどうするんですか？」

メイドのアリーシャが椅子の重さを心配して声をかけて来た。

「こんな時こそ亜空間収納よ、お父様かアシェルさんの手が空いたら、一旦収納して貰ってお風呂場に移動して貰いましょう」

「あ、なるほど！　亜空間収納！」

アリーシャも合点がいったようだ。

「この倒れた形状の椅子をお風呂場でどうするんですか？」

「髪を洗って貰う間、これに横たわるの。風呂浴槽のヘリに頭をもたげて浴槽の外で桶に髪を入れ、洗って貰ってたじゃない？」

「はい」

アリーシャは頷いた。

「これは洗って貰う人は横になってて、洗う人は立って洗うの。床に膝をつくより痛くないと思う」

膝と腰の負担が減る気がするの。

「なるほど！　心使いに感謝致します」

ただ、クッション性が美容室のと違いゼロなので……、

「横になる人の下にはなんか痛くないよう布を敷き、全裸のままお湯の外で横たわるのは同性相手でも恥ずかしいから洗ってる時はタオル、いえ、布を掛けるなり浴衣《よくい》を着ることとする」

「はい！」

ほどなくして、アシェルさんが通りかかったので作った物を収納。

そして浴室まで移動して貰った。

次はレンガやピザやパンが焼ける石窯が作りたいな。

また土魔法の訓練にもなるし!!

＊　＊　＊

お茶の時間。

「ティア、精霊の加護の儀式の後のパーティーの料理が美味しかったとか、お土産が嬉しかったとかのお礼状が届いていますよ。本当に私の手柄みたいにして良かったの？」

お母様が私の前に手紙を差し出して言う。

「大人は五歳の子供に物を貰うより、領主夫人から貰った方が目をかけられてるとか、大事にされてる感あって嬉しいはずですよ、何も問題ないです」

私はにこりと笑ってお母様にそう言った。

そして一応手紙に目を通してから、手紙を返却。

＊＊＊

夕食の準備時間に私は厨房へ向かう。

おにぎりを作るためだ。

精米機はうちの分は完成したので販売分を追加で発注している。

お米が楽に食べられる、感謝します、天才アルケミスト。

お椀、おにぎりケースはうち用。

お椀を二つ合わせてバーテンダーのようにシェイク。

塩を振って、完成とする。おにぎりは六個作った。

夕食、いえ、貴族的には晩餐の時間ですか。

貴族的な長くて大きいテーブルにお父様とお母様と私が着席する。

「メニューはファイバスと鯖の塩焼きとアオサのお味噌汁です」

と、私は両親に説明した。

「何故ティアのファイバスだけ三角や丸い形のを作ってあるんだ？」

お父様が私が自分用に握ったおにぎりを見て不思議そうに言った。

両親のはお皿に盛ってある。

お茶碗をまだ作っていないので。

「塩鯖に既に塩を使ってるのにおにぎりにも塩を振ってあるのです、大人はちょっと塩分減らそうかと、健康の為に……私はその、我慢出来ずに」

テヘペロみたいな顔をする私。

お父様はそうなのか。

と、一言言って納得したようだった。

おにぎり美味しい～、米サイコー！　……ファイバスだったわ。

「これは……海藻？」

お味噌汁のお椀を手にしてお母様が中身を探るように見ていたので説明をする。

「アズマニチリン商会から届いたアオサですよ。お味噌汁にこれを入れるだけで具になるのです」

お母様は恐る恐るアオサのお味噌汁を口にした。

「あら、美味しい」

お母様は味にほっとした顔になった。

「そうだな、不思議な食感だが、悪くない」

と言ったお父様も柔らかい表情なので嘘ではないだろう。

おにぎりを作る時に使ったお椀《わん》でアオサのお味噌汁を食べる。

あ～～美味しい～～。

鯖も忘れてはいけない。

ほくほくに焼けた塩鯖を食す。最高～～。

「うん、魚も美味いな」

「ええ」
そうでしょう！
私は丸いおにぎりを一つ食べた。海苔で巻いていないので手で掴むのは諦めた。
手掴みは……怒られそうなので……自分用に作った箸で食べる。
握った意味とは……とか考えてはいけない。
「皿に残してあるおにぎりの残り五個をお父様の亜空間収納に入れておいて下さい。
お父様と家令と文官が仕事中に小腹が空いた時に食べて良いですよ」
「そうか、ありがとう」
笑顔でそう言って素直に収納してくれた。
今夜のお食事も両親は美味しいと言ってくれた。
口に合って良かった！

＊＊＊

翌日。
ビーカーとかの実験セットを使い、ラベンダーやゼラニウムで精油なども作る。
オリーブオイルは流石に自領の庭分だけでは足りなくて他領から購入している。
良い香りがするシャンプーとリンスを作った。
よし、洗髪台も出来てるし、お母様の所に行こう。

「お母様、髪を洗わせて下さい」

「え？　……私の髪をティアが？」

お母様が目を丸くした。

「お母様の洗髪係にもシャンプーとリンスを使った洗い方を教える必要が有りますので」

私がそう説明すると、

「恐れながら、いきなり奥様に使って大丈夫ですか？」

お母様付きのメイドが心配そうに聞いて来た。

「ああ、なるほど、実験台になってしまうのね。じゃあ、試してみたい人はいる？」

別に私が試しても良いのだけど、手順を説明するのには人にやった方がいい気がした。

「私が！」

お母様付きの蜂蜜色の金髪メイドのメリッサが立候補した。

流石の忠誠心。

「じゃあ、メリッサ、あなたね」

と、私は金髪をメイドらしくひとつに纏《まと》めている彼女を見て言った。

「お嬢様に洗っていただくなんて恐縮ですが」

「気にしないで」

メイド達がずらりと並んで見学に来た。

石の椅子に横たわるメリッサにはバスローブっぽい浴衣を着せてある。

体の下には撥水性のある、獣の皮を痛くないように敷いてある。

私は身長が足りないので踏み台に箱を用意してそれに乗った。

椅子の前に立ち、シャンプーを掌に乗せて、メリッサの髪に撫で付け、そして泡立てる。

わしゃわしゃわしゃわしゃわしゃ。

泡泡泡泡泡泡泡泡！　泡立てる！

「そして指の腹を使ってマッサージするように……。痒い所は無いかしら？」

「ああ～大丈夫です、気持ちいいです、それにとっても良い香り……」

うんうん、人に髪洗って貰うの気持ちいいよね。

「さて、リンスをしてから……濯ぎ作業、お湯で流す」

桶からお湯を掬ってサアーっと洗髪台でお湯を数回かけて流し……

「………はい、これで終わり」

と、解説終了。

「ありがとうございました！」

サッパリした顔をしたメリッサにお礼を言われた。

私はにこりと笑って指示を出す。

「あとは翌日になって、髪や頭皮や肌に何か異常がないか確認して」

「はい、分かりました」

真面目な顔で返事をするメリッサ。

＊＊＊

翌日、お母様付きのメイドのメリッサが、輝きを増した金髪を誇らしげに下ろしていて、良い香りがするサラッサラの髪を見せてくれた。

彼女が首を傾げて見せると、煌めく蜂蜜色のブロンドが流れる水のカーテンのようにサラリ……となる。

……良いね、実に美しくて良い。

「何も問題はありませんでした！　艶が出てサラサラになって嬉しいです！」

と、報告をうけた。

ヨシ！　成功。

この後、メイドであるメリッサは下ろしていた髪を仕事の邪魔にならないように纏《まと》めて上げた。

でも表情はニコニコなまま。

シャンプーとリンスの無事の完成に、神様に祈りと感謝を捧げましょう。

春のお庭ピクニック

昔の外国の子供によく着られてた憧れのエプロンドレスというか、ワンピースの上にエプロンが付いてるお洋服を数日かけて作る。

背も少し伸びた事だし。

まあそう考えるとメイド服もエプロンドレスと言えるのか。

でも私が作るのはメイド服と違ってAラインの服。

腰のあたりが絞られていない。

グレーと茶色の生地を買ってエプロンの下に着るワンピースを作った。

ちなみに上のエプロンの色は白。何色にも合う。

見本として茶色のだけ先に作ってグレーのワンピースは外注、城内アルバイトに出した。型紙もちゃんと渡した。

臨時収入が欲しいメイドさんが空き時間や寝る前にコツコツ縫ってくれた。

銀貨三枚とおまけにシャンプーとリンスと石鹸をあげる。

シャンプーとリンスまで付くなら私がやれば良かった！

と、言ってたメイドさんがいたらしい。

ごめん。

うちのシャンプーとリンスはまだ量産体制に入って無いからごくわずかの数を城内で売っていて、皆、これで髪が一際美しくなるのを知ってお金を貯めて買ってると聞いた。

夫や恋人などがいるメイドさんは彼氏もとても喜ぶと言ってるし、なんなら騎士達も買ってる。

流石身嗜みにも気を使うイケメン達。

私は茶色のエプロンドレスを着て裏庭に出る。

これは子供の普段着だもの、これなら多少汚しても大丈夫。

五月は夏野菜の植え付けのラストスパートの時期。

土いじりをまたやるので豪華じゃない服を作った。平民服よ。

平民服だけど、メイドさん達は声を揃えて「「可愛いです！」」と、言ってくれる。

分かるか、君達もこの服の良さが！

実際こっちの世界の平民の子供が市場でツギハギのワンピースとエプロンを着てたから、イケると思う。

ツギハギなのは補修の後だろう。

＊＊＊

土魔法で畑を弄る。

海辺の工房に行く途中の牡蠣小屋っぽい所で貰った貝殻を砕いて細かくしたのを混ぜて土を作る。

多くの植物は酸性土壌が苦手らしい。

なので酸度を中和できる石灰を混ぜ込む。

カキ殻は、海のミネラルをたくさん含んだ天然の石灰。

とりあえずお父様に炎の魔法で貝殻を焼いて貰ってから細かく砕いた。

雑菌対策として。

それにアシェルさんが集めてくれた腐葉土も土に混ぜる。

カキ殻はアルカリ性が弱い緩効性石灰なので二週間も待たずに使える。

そして土魔法で畝《うね》を作る。「畝《うね》立て」である。

鍬を振り上げるより楽で良かった。

作った土でせっせと植え付ける。いい土になってる気がする。

卵の殻も良いカルシウムになるから、厨房で料理人に言って捨てずに取っておいて貰っている。

今年も美味しいお野菜が収穫出来ますように！

光と植物魔法の魔力を練って、苗にすくすくと育て〜とばかりに祈る。

キラキラと魔力の光が苗に注がれる。

いけそう。

ポーションで育てた松の木にも同様に成長を促す。

すくすくと育て！

＊　＊　＊

魔法はイメージの力で割と色々出来ると分かったので、今度は……土魔法でレンガを作り、更に硬化させる。

火に負けないように頑強に耐熱処理をする。

裏庭に石窯を作ってしまった。

お庭でピザが焼ける。扉を付ければパンも焼ける。

お庭キャンプだ。

完成した石窯でピザを焼いていると騎士達が寄って来た。

……ね、狙われている!!

「匂いを嗅ぎつけたのかしら?」

窯から目を離さずに私が言うと、

「セレスティアナお嬢様、水くさいじゃないですか、お手伝いしますよ」

ナリオがキメ顔でそう言った。

「ナリオは本当にピザが好きね」

私はクスリと笑う。

「私は親戚の結婚式の為、一旦里帰りしたついでに帰城途中、森で鳥を狩って来たんです。どうぞ、お納め下さい」

後ろ手に隠し持っていた大きな麻袋をドンと目の前に出して来た。

私の側に置いてある木箱の上に置いて貰って、中を確かめる。

「わあ!　ありがとう!　……ってコカトリス?」

結婚式の帰りに何してんの。

コカトリスは大きな鳥型の魔物肉、食用可でかなり美味しい。

「美味しいので」と、ナリオはニッコリと微笑んだ。

――では、期待に応えましょうか。

「このお肉で追加のピザを作って焼きましょう、あなた達、沢山食べるのだから」

「何でも手伝います」

騎士達がいい笑顔で言った。

味噌の上澄み液を醤油の代用品として、コカトリスの照り焼きピザを作りましょう。

実は照り焼きピザが一番好きなのよね、子供受けする味で、美味しい。

――まだ子供味覚なので。

とりあえず先に焼いたピザは一旦アシェルさんの亜空間収納に入れて冷めないようにする。

厨房に移動して騎士達の男前クッキングが始まる。

料理人達がびっくりしてる、マジでごめんなさい。

でもガタイの良いイケメン達が五人も厨房にいて料理してる。

カメラと動画配信出来るサイトが有れば配信したい。喜ぶ女性が多いだろうに。

料理人が呆然と見守る中、男前クッキング下拵え編は無事終了して、庭の窯の前にまた移動してピザを焼く。

――美味しそうに無事焼けた。

「おお、焼けた――！」

騎士達も手伝ったピザがいい色で無事焼けて満足気であった。

食欲をそそるいい香りが立ち上る。

……ゴクリ。すぐ側から生唾を飲み込む音が聞こえた。

「せっかくなので、庭園のお花を見ながらピザを食べましょうか？」

と、私は提案した。

五月の庭園は陽光に煌めき色とりどりの花達も美しく咲き誇っている。

芝生に布を敷いてピクニック気分で。

「「良い提案だと思います」」

騎士達が声を揃えて言った。イケボで。

ふと、どんぐりをあげたレザークを見て思い出す。

「どんぐりはほっとくと虫が湧くけど、ちゃんと捨てたんでしょうね？」

「魔法師に頼んで保存魔法で保護して貰ってますから、大丈夫です」

虫など寄せ付けませんとドヤ顔である。

こやつ、いつの間にそんな事を！　どんぐりに本気すぎる。

その後、庭園の柔らかい芝生の上に布を敷いた。

鮮やかな芝生の緑色ときなり色の敷き布。コントラストが美しい。

美味しそうなピザ、瑞々しい果物に飲み物もトレイの上。麗しい両親や騎士達もいる。

なんならエルフまでいる。伝説級。

最高にフォトジェニック。もはや、眩しい……。

春のお花を見ながらお庭ピクニックピザパーティー開催。

両親も呼んで、皆と楽しくお食事。

……切実にカメラが欲しい。動画も撮れるやつ。

私は人がキャンプやピクニックで美味しそうに食事してる風景を見るのも好きでよく動画配信サイトで見てた。

わいわいやってて楽しげで好きだった。自然が豊かで風景が良いとなお良かった。

人が楽しそうに食事したり遊んだりしてるのを見るのが……好きなんだ。

「今日は天気も良く、庭園の花も美しく咲き誇っているし、食べ物も美味しいいし、最高だな」

「照り焼きピザ最高！　美味い！」と、ナリオが力強くそう言った。

めっちゃ同意────!!

「ピザが美味しいです。だろ、ナリオ」

「今のは独り言だったから！」

「あはは、ナリオは独り言がでかいな」

騎士達もピザパーティーを大いに楽しんでいるようだ。

「俺は今度の休暇に次回のピザパーティーの為の肉を狩ってくる予定だ。知り合いの結婚式はまだあるからな」

え⁉　ナリオったら、マジで⁉　やった！

「何を狩るんだ？　またコカトリスか？」

「そうだな、出来れば鳥系か猪系の魔物かな。魔物減らしの討伐にもなるし」

「へー俺も腕鳴らしに行こうかな」

「ヴォルニー、なんなら一緒に行くか？」

「そう言えば俺も結婚式の招待状が……」

騎士達の雑談にしれっと聞き耳を立てつつも、お肉の持ち込みは大歓迎なので、今後期待しておこう。

「使われているトマトも酸味と甘さのバランスがいいし、チーズも美味しい」

「レザーク卿、ピザにこの辛いソースをかけても美味いぞ」

今回はタバスコ系の辛いソースも追加してみた。

「ローウェ卿は辛いのが好きなんだな。私はこのコーンを散らしたものが好きだ」

ピザは各々好きなトッピングでアレンジも可である。

この美味しいピザに加えて更にビールもあれば優勝なんだけど、私はまだ子供なので、お父様に優勝していただこう。

私自らエールをゴブレットに注いで、お父様にいそいそと持って行く。

「はい、お父様、飲み物ですよ」

「ああ、ありがとうティア」

お父様がお母様の魔力で冷やされたキンキンのエールをゴクリと飲む。

「はー、冷やすだけで凄く美味いな」

はい！　優勝！　お父様が優勝しました！

「お母様の魔力のおかげです」

「ティアにエールを冷やして欲しいとか氷が欲しいだのと伝言が来て、なにかと思いましたわ」

「冷たいともっと美味しくなると思って……」

えへへと笑って誤魔化す私。

「ははは、すまないな、シルヴィア」

「確かに美味しいから構わないのですけれど」

お母様も冷たいエールとピザを美味しく食べていらっしゃるからセーフ!!

かくして、両親も呼んでの美味しいピザパーティーは大成功だった。

＊＊＊

(ギルバート視点)


王城内の自室で歴史の教科書を読んで予習をしている所に、側近が二つの瓶を持って来た。

「なんだ?」

俺は赤茶色の髪の側近のエイデンの顔と瓶を見て言った。

「知り合いの結婚式でライリー辺境伯領の城内で働いている騎士と会ったんですが、男性なのにふわりといい香りがするんですよ、香油ほどキツイ香りじゃなくて、何なのか聞いたら、シャンプーとリンスという洗髪剤の香りだというのです」

「これがそのシャンプーとリンスという物か？」

俺は二つの瓶をじっと見る。

何か液体のようなものがうっすら見える。瓶の透明度は高くは無いのでうっすらだ。

「はい。少しだけ融通して貰ったので、殿下にも差し上げますね、お土産です」

「そうか、ありがとう」とりあえずお礼は言っておく。

「せっかく……夏野菜の苗を売ってる時期に市場に行ったのに、先日はアリアちゃんに会えずに残念でしたね」

エイデンが突然アリアの名前を出して来て驚く。

まさか、最近微妙に落ち込んでる俺を励まそうとしてるのか？

「別に城下の市場に行けば毎回会えるとは……思っていない」

なんとなく春になれば会えるかもという期待を多少はしていたがやはり無理だった。

「それ、女性受けも男性受けもするらしいです」

エイデンはニヤリと笑って言った。

「ふん」

一人で良い香りになっても肝心な相手に会えなければどうにもなるまい。

「さて、学校へはまだ行く気になりませんか？　王族ですし、途中編入も可能ですよ」

「家庭教師で十分だ」

あんな所、何も楽しく無い。

どうも友達を作らせたいらしいが、第三王子の肩書きに寄って来る人間など……鬱陶しい。

側近がため息を吐いたと思ったら、部屋にノックの音が響く。

背の高い黒髪の男の家庭教師が来た。

「授業の時間だ」

俺がそう言うと、側近はすぐに部屋の端の椅子に移動して待機する。

今日も退屈でつまらない日常の始まりだ。

「殿下、せめて今日が地理や歴史や宗教学でなく魔法の授業だったらな……と、思ってる顔ですね」

――バレたか。

やれやれといった雰囲気だが、怒る事もなく、家庭教師の授業は始まった。

夜になって入浴時に、例のシャンプーとリンスとやらを使われた。

髪を乾かして天蓋付きのベッドの中で寝返りをうつと、ふわりと優しい香りがした。

その香りに包まれていると、なんとなく……アリアの顔を思い出した。

夏の再会

四歳で前世の記憶を取り戻した私は今、八歳になっている。

ポンプ、ひき肉製造機、精米機等を作って売ったり、シャンプーとリンス、石鹸も工場を作って生産性を上げて売ったり、色々頑張っていたら、三年経った。

私の誕生日のしばらく後の大きな出来事は七月の始まりの頃にお母様が第二子を出産した事だ。

念願の元気な男の子ですよ。命名「ウィルバート」。

ウィルが産まれたのは澄み渡る美しい青空の日だった。

君の未来が多くの輝きに満ちていますように。

赤い髪はお父様の遺伝を感じるし、アイスブルーの瞳はお母様の遺伝を感じる。

もちろん出産のお祝いにはパーティーをした。

鉄分、カルシウム、葉酸が授乳期に必要だった気がする。

牛乳、ほうれん草、小松菜、ブロッコリー、いちごとかの栄養を摂って貰う。

お母様のお食事は油や砂糖を控える。

体を冷やす飲み物も控える。野菜も火を通す。

とにかく母子共に健康に過ごして貰えるよう気を遣う。


夏。

真っ青な空に入道雲、太陽が眩しい晴天。

今日のコーデは白いノースリーブのワンピース。

それに麦わら帽子とサンダルを装備。

なのでひまわり畑かリゾート地の海とかであったなら完璧だった。

まあ来たのは王都の市場ですけど。

私はいつものように姿変えの魔道具を使って亜麻色の髪と茶色い瞳に変装。

魔道具のブレスレットは手首に花飾りを付けた布を巻き付け隠してある。

夏の暑い日にもかかわらず、また転移門を使って、王都の市場に買い物へ来たという訳。

お供はエルフのアシェルさん。

彼のコーデは白い薄手の長袖シャツ、二の腕を見せた腕捲り。

パンツは薄い茶色にサンダルは革製の調整可能なダブルベルトが付いててオープントゥ。

つまり、つま先と踵が見えるよ、サンダルなので涼しげ。

更にいつもの鞄と変装になってるのか、なって無いのか分からない眼鏡付き。

でもイケメン眼鏡は素敵なのでかけててくれていい。

道行く人がこちらを可愛い〜とか綺麗〜とか言って振り返るから、この装い、おかしくはないのだろう。

もっとも、綺麗と言われてるのは、隣を歩く眼鏡イケメンエルフに対してかもしれない。

市場で買い物を済ませて、昼に近い時間になった。

最後に寄った布屋の近くでダックスフントに似た黒っぽい犬を連れたガイ君と久しぶりに……また出会った。

いつものお付きの人達も一緒だ。ガイ君が成長しても、お供の方は元から大人でたいして変わらないから、分かる。

イケメンエルフはさらに外見年齢に変化が無い。

エルフを連れてる女の子って多分珍しいから、あちらも私が分かると思う。

……ガイ君は一〇歳くらいになってる？　背も結構伸びたね。

彼も夏らしく白いシャツを着ている。

手首には青いバンダナのような物を巻き付けている。

黒いサラサラの髪は、以前より輝いて見える。赤い瞳は……驚きに見開かれている。

私はにこりと笑って見せたけど、何か固まってる。どうしたの？　フリーズして。

久しぶりに会ってびっくりした？　頑張って再起動して？

急に犬が私の方に走り寄って来て、なんと、私のスカートの下！　足と足の間に頭を突っ込んで来た！

「きゃっ！」

思わず悲鳴が！

「ああっ!!　なんて事をするんだ！　たとえ、まだ小さくても婦女子のスカートの下に入るなど！」

大慌てでぐいっと紐を引っ張って、犬を自分の方に引き寄せるガイ君。

「こ、このスケベ犬は俺の犬では無いからな！　たまたま散歩を頼まれて！」

「だ、大丈夫よ、今日は日差しが強いから、このワンちゃんは日陰に入りたかっただけかも」

「す、すまない、アリア」

ガイ君が真っ赤になって謝罪をした。

「ほら、足の短い犬種だし、太陽の熱を吸収した地面も熱くなってるし、噴水とか川のある涼しい所に連れてってあげたら？　ペット連れはオープンカフェっぽい所以外のお店はちょっと入りにくいだろうし」

私の提案により、噴水広場に来た。

木も植えてあり、街中の憩いの公園って雰囲気。

夏の照りつける太陽の熱から逃れるように木陰のベンチや噴水の側に涼みに、結構な人が来ている。

普通のよく見るタイプの縁に座れるタイプの丸い噴水と、子供が遊んでも大丈夫な感じの足首が浸かるくらいのごく浅い噴水があった。

何人かの子供が裸足になって水に足をつけている姿が見える。

……しかし私は何故うっかり一緒に行動しているのか。

水場に行けばと勧めたのは私だが、一緒に来る必要はあったのか。

犬を連れて半歩くらい先を歩くガイ君について、噴水の方へと歩いている。

久しぶりに顔見知りにあったから……つい？

いやいや、そう言えば渡すものがあったのよ、だから……

「あっコラ！」

ガイ君が急に声をあげる、犬のリードが彼の手から吹っ飛んだ！

あ――――っ!!　犬が浅い噴水に飛び込んだ！

急に猛烈に引っ張られてガイ君が持ってた紐をうっかり離したようだ。

強引にリードを引っ張ると首輪をグッと引っ張る事になるから、強く引き留められなかったのだろうか。

人様の犬だから？

「やっぱり暑かったのね」

バシャバシャと水場ではしゃぐ犬を見ながら、私は確信した。

あ、でも、待って、水に飛び込んだって事は上がった後に……。

ああ～～絶対、体をブルブルして水飛沫撒き散らすやつだ！

ザバン！　あ――っ!!　ワンちゃんが水を滴らせて上がって来た!!

ガイ君と私の前に来て、ピタリと足が止まった。

ヤバイ！　やられる！　と、思ったら。

スッと私の前にガイ君が立って、見えない壁を作って、水飛沫から守ってくれていた。

「魔法？」

私は我知らず口にしてしまった。

「あ……」

ガイ君がついうっかり、条件反射で。みたいな顔してる。

「ありがとう、濡れずにすんだ」

私は目を伏せて彼の顔を見ないようにお礼を言って、もう魔法の事は言及しなかった。

深く突っ込むのはやめよう、藪をつついて蛇を出したくないから。

お互い、深い詮索は無しで。

犬はガイ君のお付きの人が回収した。

「と、ところで、今日の服は、ぬ、布地足らなかったのか？」

言われて顔を上げて見れば、ガイ君が左手で自分の左右の肩のあたりを押さえて「この辺とか」

と、言葉を続けた。

「肩が紐のノースリーブが珍しいのね、これ、最新の夏の装いよ、涼しくする為に袖を無くしているの」

と、いう事にしておく。強引に。

「そ、そうなのか、最新の」

「ほら、スカートはふわりと広がるくらいたっぷりと布を使ってあるでしょう？」

白くて軽やかなスカートを軽く摘んでクルッと回ると、ふわりと風をはらむ。

「あ、ああ確かに」

おや？　……ガイ君の顔が赤いな。

しかし、よもやノースリーブで貧乏を心配されたとは。

「それにしてもワンちゃんを預けてもらうなんて、信頼されているのね」

「体よく使われてるだけだと思う」

「信頼されてると考えた方が幸せでは？」

「……楽観的だな、アリアは。どうせ外に出るなら散歩に連れて行けと、押し付けられただけだぞ俺は」

ガイ君はため息をつきながら一瞬遠い目をしてそう言った。

「ふーん」

まあ、深く突っ込むのはよそう。

「あ、えーと、だいぶ会って無かったな」

ガイ君が会話を変えて来た。

エルフのアシェルさんは私の近くでずっと静かにしてるけど彼を興味深げに見てる。

……何？

「冬に、聖者の星祭り行けなくてごめんね。まだ今よりも小さかったし、酔っ払いとかいるから無理だって、お父様に言われて」

とりあえず謝罪しよ。

「いや、多分無理だろうとは思ってたし、俺の方も結局街へは出られなかった」

「そうなんだ、寒い中、待ちぼうけにさせずに済んだなら良かった」

そう言ってから、私はアシェルさんの方を振り向いた。

「はい、これだね」

と、アシェルさんが魔法の鞄と見せかけた亜空間収納から山葡萄の蔦で編んだバッグと布で包んだ三段重ねの長方形のお弁当を出して、私に渡してくれる。

「金貨三枚は貰い過ぎたなって、これどうぞ。暑いから、傷む前に食べてね」

持ちやすいようにバッグにお弁当を入れて渡す。

大きめの三段にもなるお弁当の中身はおにぎり弁当。

唐揚げに豚の腸詰めに卵焼き。

彩りにプチトマト、きゅうりの浅漬けなどを詰めてある。……口に合うかな？

今回はお付きの人も食べられるように大きいのを用意しといた。

唐揚げとかは爪楊枝のようなおかずピック付きで刺して食べれるようにしてある。

箸は付けても使えないと予想したから付けて無い。

まず、何この棒？　と思われかねない。

お弁当はもしもまた王都で偶然会ったらあげようと、会えなければ、自分達で食べようと思って用意していた。

亜空間収納の中は傷む心配が無い。

「別にいいのに……でも弁当は貰う。お前のくれる食べ物……美味いから」

ガイ君は柔らかい笑顔でそう言った。

ガイ君は犬のリードを持ってるから、大きめのお弁当はお付きの人が受け取った。

「正直でよろしい」

私はクスっと笑って、

「じゃあ、元気でね、またどこかで偶然会えるかは分からないけど」

私が次の約束もせずに、お別れの言葉を告げると、とても寂しそうな顔をされた。

「そう、だな……」

彼のサラサラの黒い前髪の隙間から見える赤い瞳が揺れていて、とても辛い気持ちになったけれど、なんか魔法を使えるあたり、ガイ君は、貴族の落とし種のような気がする。

……だから、深入りは危険な気がした。

夏の日差しが肌を焼き、赤くなって痛みを伴う前にそろそろ逃げた方がいい。

――次に会う約束も無しに、ガイ君とはそこで別れたけれど……。

後に驚くような再会をする事になるとは、その時の私には知るよしも無かった。

妖精と私

「きゃーっ！」

ん？　朝からアリーシャの悲鳴が。

夏の朝にまだ天蓋付きベッドの上で寝ていた私は目を開けた。

「お、お嬢様、う、動かないで下さい、胸の上にネズミが……！」

何ですって⁉

まだ少ししか膨らんで無い胸の上に、視線を移す。

夏なので薄い布をタオルケットの代わりにしてかけて寝てたんだけど。

その上に……可愛い生物がいた。

あれ？　これ前世のＳＮＳで写真で見た、エゾモモンガに似てる。

「これは……ネズミでは……無いと思う」

『僕は森の妖精！　モモーン』

やっぱりモモンガでしょ？

いや、待って、モモンガは喋らない。

「妖精？」

「お嬢様何をおっしゃってるんですか!?」

「この子今、自分で妖精って言ったでしょう？」

「何も聞こえません、ちょっと、いえ、少々お待ち下さい、今、捕まえます」

そう言ってアリーシャはエプロンを脱いで、両手でそれを持ち、被せて捕まえようとしてるみたいだ。

「待って、この子の声私にしか聞こえてない？」

『妖精だよ！　ネズミじゃない！』

アリーシャに捕まる前にと、私が両手でキャッチ！

「可愛い！　柔らかい！」

「お嬢様！　ネズミを手掴みしてはいけません！」

『だから妖精なんだって』

「妖精なんですって」

「ほ、本当ですか？」

「じゃあ、貴方飛べる？」

私は妖精にそう聞いて、手を開いて解放した。

『余裕』

妖精は、ばっ！　と飛んで天蓋付きベッドの上に移動した。

「ネズミが！　飛びました！」

アリーシャがびっくりして声をあげた。

「アリーシャ！　ネズミは飛ばないから！」

そしてまた私の胸元に戻って来た。

『僕と契約して！　セレスティアナ！』

何か契約と聞くと怪しい勧誘に思えて来た。

「妖精と契約って何？　精霊ならまだ分かるけど」

『使い魔と同じだよ』

「何に使えるの？」

『植物に詳しいから、見たら鑑定が出来る、有毒か無毒か、食用可か、あと、近くに有用な植物が生えてたら教えてあげられる』

何ですって⁉

「素敵！　でも何が望みで私と契約したいの？　まさか人間の絶望とか恐怖の感情をエネルギーにして世界を守りますとか言わないよね？」

『欲しいのは自分の存在を維持する魔力、ティアの魔力は光と植物と大地の属性で好きな要素しか無い！』

「対価は魂とかではなく魔力のみで良いの？」

『うん！』

「貴方は悪い妖精じゃ無いのね？」

『悪い妖精なら光属性持ちのティアの魔力が好きとか言わないよ』

なるほど……？

「悪い妖精じゃなくて、私や私の大事な人達に決して危害を加えないなら契約するわ」

「お、お嬢様？」

アリーシャが心配して恐る恐る声をかけて来た。

『大丈夫、むしろ君の役に立って、君を守る存在になるよ』

「大丈夫だそうよ」

私はアリーシャの方を見て言った。

「じゃあ、貴方と契約するわ」

『ヨシ！　じゃあ名前を付けて、それで契約は成立するから』

な、名前、急に言われても……。

「じゃあ……えーと、リナルド」

『リナルド！　良い名前だね！　気に入ったよ！』

と、妖精が言った瞬間。

うわ！　眩しい！

ピカーッと光ってリナルドと私を包む感じで魔法陣のような物も展開している。

『パスが繋がった、これで契約成立だよ！　これからよろしく！　ご主人様！』

――そうして私は、真っ白いモモンガみたいな妖精のご主人様になった。

植物系鑑定スキルを手に入れたような物か。

植物図鑑にも全て載ってる訳じゃないから、便利かも。

しかも手乗りサイズで可愛い！

今、猛烈に森に行きたい！

＊　＊　＊

朝の食卓。

朝食内容。白米、豚の味噌漬け肉を焼いた物、アオサのお味噌汁、漬け物。

それは普通の朝ごはんだったのだが――

「「ティア、肩に何か動物が……」」

お父様とお母様にも妖精のモモーンが見えるみたい。

まだ小さい弟は乳母と一緒に別の部屋にいて、この場にはいない。

今、食卓には私と両親がいて、そしてメイドと執事が壁際に待機している。

「今朝、何故か私のベッドにいたのです、動物に見えますが、妖精さんです」

なので食事の場ですが、同席を許して下さい。

「……害は無いのか？」

お父様が眼光鋭くリナルドを見た。

かっこいい。お父様、顔が良い。

「可愛い上に有能みたいなので、契約しました、リナルドと名付けました」

害は無いですと説明した。

「精霊でもなく、妖精と契約？　何の為に」

お父様はまだリナルドを注意深く見ているし、手には肉を切る為のナイフが握られている。投げるのはやめてあげて下さいね。

「存在する為に魔力が欲しいみたいで、別に吸われ過ぎる事も無いです」

「そう、なのか……。何かおかしな事をされたらすぐに言うんだぞ」

お父様はリナルドから目を逸らさずに言った。

『悪い事なんてしないのに～』

「お父様、今、悪い事なんてしないのにってリナルドが喋ったの、聞こえましたか？」

「聞こえない」

お父様はキッパリと言った。

『まだ契約者しか聞こえ無いよ』

――まだ？　つまり、いつかは聞こえるようになるのかな。ま、いっか。

「ところで、お父様、森に行きたいのですが」

私はやおら、切り出した。

「どこの森だ？」

「色んな植物があって、あと、川も見たいです、もう八歳ですし、魔の森でも」

「よりによって、魔の森か、ピクニック気分で行く所では無いぞ」

「分かっています。でも私はこのライリーの守りである、辺境伯の娘ですから。ここを守る一族としても、あそこは行っておいた方が良いのでは？」

お父様は一瞬考えてから、口にした。

「……深部とごく浅い所で脅威度も変わる。仕方ない、ごく浅い所までだぞ。そこら辺なら駆け出し冒険者が薬草を摘んだり、弱い魔物を狩ったりもしている」

「あなた……」

静かにしていたお母様が心配そうに声をかける。

「心配するな、シルヴィア、私が付いていくし、騎士も数人連れて行く」

やった――っ!!　お父様と冒険だ!!　私は内心で小躍りした。

「ポーションの材料など、手に入るんでしょう？」

私は植物図鑑で見て調べていた。

「ああ、あるぞ、でもそれは冒険者に採取依頼も出来るぞ」

「自分で採れば無料じゃ無いですか？」

「確かにそうだが……」

我らが領地、ライリーは昔と比べて事業により稼げてはいるけど、まだ倹約出来る所はしている。

何があるか、分からないからね、災害とか。

「それに川も見たいんですが、深部じゃなくてもありますか？」

苔も見たい。私、苔大好き。川の近くには多くあると思う。緑色の綺麗な苔。

「深部じゃなくても川はあるが、川にも魔物の魚がいるぞ」

「美味しいですか？」

すかさず聞いてみる。

「美味しい物もいる」

「それは楽しみです！　スケジュール調整して行ける準備が整ったら教えて下さい」

「……早くて五日後で……遅くて七日後」

やった！　予想より早い！

「はい！　こちらも準備しますね！」

動きやすい冒険者風の服とか！

……はあ。と、お母様がため息をついた。やんちゃな娘でごめんなさい。

こうして妖精との契約もした私は、ついに魔の森に行く事になった。

お父様と冒険なんてわくわくする！

妖精のリナルドも私にだけ聞こえる言葉で、全力でサポートするよ！　と請け負ってくれた。

緊急家族会議

「大変な事になった」

お父様が急に家族と家令をサロンに呼び集めて深刻そうに言った。

(妖精は私の部屋で寝てるから置いて来た)

「まさか、魔の森に行けなくなる程の事件でも⁉」

私は楽しみにしていた冒険なのでつい、強い口調で聞いてしまった。

「いや、魔の森には行けるが」

「なんだ、行けるんですか」

私はほっとした。

「行けるが同行者が増える」

「良いじゃ無いですか、多少増えても」

「第三王子のギルバート様が、魔の森に狩りに行きたいとおおせだ」

ダイサン……オウジ……？

「歓待の必要は無いが当家に逗留して、魔の森に狩りに行きたい、故に、食事、寝床、風呂の提供だけ頼むというような伝令が来た」

えええええぇっ⁉　王族のお守りが追加された⁉

「まあ、魔の森で狩りがしたいだなんて、やんちゃな王子様ですね」

私がそう言うと、お父様にお前が言うか？　という目を向けられた。

うっ。

「こちらを」

と、家令がテーブルの上に謎の袋を置いた。

じゃらっと音がして、お金かな？　って思ったら、

「これが、殿下が用意して下さった支度金で、そして砂糖と胡椒まで下さいました。砂糖と胡椒については厨房に」

と言葉を続けたのだった。

「殿下はいつこちらへ来られるのですか？」

私は胡椒と砂糖をくれるなら、まあ良いかなと、のんきに聞いた。

「一〇日後だ」

お父様が困り顔で言った。

「早いですね、王族の方を迎えるなら、せめてひと月くらいは準備期間が欲しい所ですが」

今まで静かに話を聞いていたお母様が口を開いた。

「だが、王族が泊まれるような宿もこのライリーには無いし、安全面も考えるとこの城という事になる。支度金まで頂いて、拒否も出来ない。滞在日数は正確には決めていないが七日程を予定しているとの事」

王子様アバウト～！

「では急いで、殿下や護衛騎士様達のお部屋の用意を致しましょう」

お母様がそう言うと、家令が動く。

「至急、貴賓室と護衛騎士様用の部屋の掃除と準備を致します」

「頼む、コーエン」

「はっ！」

家令が返事をしてメイドと早足で出て行った。

お父様がソファの上で長い足を組み直して、私を見て言った。

「ティアは料理の指示を料理人達にしてくれるか？」

「はい、お父様」

はい！　喜んでー！　おおせのままにー！　推しの頼み！

「貴方が一番よく出来そうだから、私からもお願いするわ」

「はい、お任せください、お母様」

私は笑顔で応えた。

「ところで殿下は……王立学院は今、夏休み休暇中か何かで来られるのですか？」

ふと、気になってお父様に聞いてみた。

「殿下は家庭教師を付けていて、学院には通っておられない」

へー。流石王族。

「なるほど、ともかくメニューを決めたり、食材を集めたり、作り置きも致しましょう。何しろ殿下とお付きの人達とか急に人が増えます」

「ああ、とにかく最低限、失礼のないように」

お父様が手紙のお返事の用意をしながら言った。

これにて緊急家族会議一旦終了。

私も用意しないと。他に冒険用の服とかも。

秘密

まだ地上の緑は濃く、深く澄んだ青を湛えた空は高く美しい。

夏のまだ暑い日の昼過ぎに第三王子一行がライリーの転移門により到着した。

王都の教会の敷地内から転移で来られたのだろう。

私達は皆でお出迎えに庭園に並んでいる。

私は恥ずかしがりやの小さな女の子のふりをしてお母様のドレスの後ろに隠れていた。

あまり王族の視界に入りたく無いのである。

一緒に森に行くのに何を今更と思われるかもしれないけど。

「ギルバート殿下、ようこそ、ライリーへ」

お父様がいい声で歓迎の挨拶をした。

陽光に輝く銀髪、美しい蒼穹のような瞳、褐色の肌の王子様がいた。

渋めの青に銀糸の刺繍の入った前開きの出来るチャイナ服のようなノースリーブのトップスには美しい刺繍が入っている。パンツは黒。

左腕には布が巻いてある。

面差しが……誰かさんに似ている。

「グランジェルド王国、第三王子、ギルバート・ケイリールーク・グランジェルドだ。しばらくそちらに逗留させて頂くゆえ、宜しく頼む」

お父様とお母様が貴族的な挨拶をした後、

「どうしたの、セレスティアナ？　きちんとご挨拶をして」

お母様の広がった緑色のドレスの後ろで隠れて通したいのだけど……やはり普通に許されなかった。

覚悟を、決めるしか無い。

私はお母様の後ろから、横に移動して、

「セレスティアナ・ライリーです、以後、お見知りおきを」

私は教わった通り、片足を斜め後ろの内側に引き、もう片方の足の膝を軽く曲げ、両手で水色のドレスのスカート部分を軽く持ち上げて行う、カーテシーをした。

こちらの世界の貴族に付いてる名前の真ん中の祝福ネームとやらは、家族になる婚約者とかで無い限り、必ずしも名乗る必要はないとされているので、セレスティアナ・アリアエラ・ライリーという正式名は言わなかった。

「……天使？」

殿下が呆然とした顔で私を見ている。

人間ですけど。

「いや、あれ……？　似ている……」

と、言いながら殿下が歩いて近寄って来る。

や、やめて、至近距離に来ないで。

殿下の後ろには見覚えのある、ガイ君のお付きの人達がいる、間違いなく、この殿下の護衛騎士達だ、つまりは――

「セレスティアナ嬢、其方、亜麻色の髪に茶色い瞳の、双子の姉か妹はいないか？」

「…………!!」

ヤバイヤバイヤバイ！　私、殿下を財布呼ばわりした過去がある！

しらばっくれたい！　最終的にはもう怒って無かったけど、不敬過ぎた。

いや、でもお父様を不審者呼ばわりされてつい、カッとなったせいであり……。

「私の兄弟は、まだ小さい弟のみでございます」

声が震えないように頑張って言った。

「!! そうか、そうだったな、国王陛下と王妃から、お子の、長男誕生の祝いの品を預かって来ている」

何か思い出したってお顔で、お母様とお父様に向き直る殿下。

「まあ、国王陛下と王妃様から!? 畏れ多くも、有難い事です」

「お心使い、感謝致します」

お母様とお父様が口々にお礼を言う。

殿下のお付きの人からお父様が何か豪華そうな箱を受け取った。

あ、よく見たら騎士だけでなく神官っぽい人が一人いる。

殿下が万が一、怪我とかした時用の治癒魔法を使える人が同行してるのか、多分。

「それは見た物を記録出来る魔道具で、記録の宝珠という。お子の今の姿を、残しておけるそうだ」

「まあ、なんて素敵な……良い物をありがとうございます」

普段クールなお母様が殿下のお言葉に大変感激した様子で目を輝かせた。

私も内心、うわー!! なにそれカメラ機能!? 動画!? 静止画!? って、めっちゃ訊きたくなったけど、目立ちたく無い!

私もとりあえず頭を下げて礼をする。

「準備がございますので、御前を失礼致します」

と言って私は城へ向かった。

というか逃げた。

家令が殿下達をお部屋に案内して、一息ついて貰う。

荷物も執事達が運び込む。

お茶なども メイドが差し入れる。

夕食は出来る限りのおもてなしとして、良い食材でお食事を用意した。

厨房の料理人は教えた通りに仕上げてくれた。

殿下は晩餐前に薄手の白い長袖シャツに着替えていた。

ケチャップとかで汚さないか少し心配になった。

ローストビーフ、ラタトゥーユ、フライドポテト、ピザ、柔らかいパン。

果物、ケーキ、他はお花の形にデコったサラダ等をテーブルに並べてある。

飲み物はワインや葡萄ジュース。

若い男の子が好きそうなピザも用意したけど、やはり、気に入ったみたい。

「このような美味しい料理は、王城でも出て来ない」

と、殿下や護衛騎士様達の評価も上々だ。

食事が終わってそそくさと、モモーン妖精の眠る自室に戻ろうとすると、殿下が声をかけて私を呼び止めた。

「セレスティアナ嬢、待ってくれ、話がしたい。テラスなら夜風が涼しいから、そこで」

「……はい」

うっかりしてたけど、昼間廊下で、アシェルさんが通りかかって殿下と目が合っていた。

アシェルさんを隠しておくのを忘れた。

ガイ君はアシェルさんを知ってる、見ている、あんな美形エルフを忘れるはずが無い。

テラスに出た。

噴水の側に立つ。水の流れる音がする。

水の魔石の力で夏だけ動かしている噴水だ。

殿下の護衛騎士は後方に控えている。

うちの騎士も二人程後方で控えている。

殿下は月灯りの下で、薄手の白いシャツの袖を捲り、見覚えのある、魔道具の腕輪を見せた。

腕に嵌めているそれにそっと触れて、色を変えた。

髪は銀から黒へ、瞳は青から紅へ。

肌は褐色から白へ。

「嘘、偽りなく答えて欲しい、君は俺の、この姿を、知っているな？」

………………お願い口調でも、王族が問うているのだ、偽証は出来ない。

「はい」

「君が、王都で俺がガイとして出会ったアリアだな？」

「……はい、その節は、知らぬ事とはいえ、とんだご無礼を。申し訳ありませんでした」

私は深く頭を下げた。

「それはいいんだ、全く気にしていない。私の方こそ父君、辺境伯を不審者などと言ってしまったから、怒らせてしまったのだろう、すまなかった。元気にしててくれた事が分かって、嬉しいだけなんだ」

「過分なお言葉、痛み入ります」

「そんな堅苦しい話し方はやめにしないか？」

「そんな訳には参りません」

「名前で呼んでくれないか、ギルで良い」

「まさか、そんな、愛称など、私のような者が」

めちゃくちゃ距離を詰めようとして来るじゃん!!

「財布よりは呼びやすいだろう？」

うっ!!

気にしてないと言ったのにこういう時だけそれを持ち出すー！

「……はあ、全く、乙女の秘密を暴いたり、意地悪を言ったりするのはあまり良い趣味じゃないですよ、ギル様」

「それはすまなかったと思ってる、セレスティアナ」

私の方はまだ名前呼びを許すとは言って無いけどなー！

な――――！

——でも仕方ないな、財布の事を言われると。

私は不本意そうにプクーと頬を膨らます。せめてもの抵抗。

「そんな顔してても可愛いだけだぞ？」

くっ。

天然タラシか何かか。顔が熱くなるから止めて。

「魔の森には君も行くと聞いたが、大丈夫なのか？」

「私の方が先にお父様に連れて行って貰う約束をしていたんですよ」

「そうだったのか」

そう聞いて殿下は少し申し訳なさそうな顔をしてる。

「ギル様の精霊の加護を伺っても？」

「水と風の精霊の加護を賜った、まあ、地味だろうが」

「水の加護が地味⁉　砂漠や水の無い所で救世主になれるではないですか！　とても素敵ですよ、風も良い風が呼べたり、暴風から身を守ったり出来るのでは？　それに水の加護はロマンに溢れていますよ」

「何故だ？」

「例えばですけど、水の加護持ちの主と、従者がいたとして、何かの理由で追手に追われて逃亡中、主人を庇って従者が傷ついて喉も乾いて死にかけたりした時に、末期の水を、敬愛する主から貰えるという、大変ドラマチックな物語が一本、書けてしまいますよ」

「なんで死ぬんだ、助けてやれ。というか、小説を書くのか？」

「もちろんハッピーエンドは私も大好きですが、たまには泣ける話も読みたいものです」

「いや、俺はハッピーエンドが良い、幸せにしろ」

「……貴方は優しい人なのでしょうね」

私はあくまでハッピーエンドにこだわる殿下を、物語の中の人の幸せまでも願う、良い人なんだろうなと、思った。

「……小説を書くのか？」

はい。と言わない私に諦めたのか質問になった。

印刷機が無いから、ここで書いてもなあ……、大変そう。

「いいえ、まだ、そんな予定は無いのですが」

「なんなんだ」

「私の言う事はわりと戯言なので聞き流して良いですよ。あ、見て下さい、月が……」

綺麗ですねと、うっかり言いかけてやめた。

かの有名な言葉を思い出したのだ。

「月が……綺麗だな」

………言いおった。

でもギルバート殿下はこちらの世界の人だから、知らない筈だ。

月が綺麗ですね的な言葉が……愛してると言ってるような物だという事を。

魔の森にて

本日の私の冒険コーデ。

ミントグリーン色のピンタックワンピース。下には短パンを穿いた。

冒険者風というより、どちらかというと森ガール風。

ガチめの冒険者風コーデにしようとしたらアリーシャが渋い顔をしたから。

狩りの邪魔にならないよう、髪型もポニテ。

普通に考えたら、そんな装備で大丈夫か？　って言われそうなんだけど、令嬢なんだから後方で守られていれば良いと言われた。

私だって、精霊の加護を得てから地味に修行、訓練して来たんだけどな。

出発前に小さく可愛い弟に、

「いい子にして待っててね」

などと話しかけてたら、お母様が、私達は留守番をしているから記録の宝珠で冒険を撮って来てね、と渡してくれた。

カメラゲット!!

まかせて下さい、かっこいいお父様を映して来ますよ！　と、請け負った。

弟の愛らしい姿も、もちろん撮影した。

撮影者が宝珠を握って視覚を通して記憶し、付属品の台座にセットして、後に特殊な魔法をかけてある大きな白い布を壁に固定して、映像を流すスタイルで見る。

つまり、宝珠自体がレンズではないので、なるべく目の良い人が宝珠を握って撮影した方が良い。

なお、容量は沢山ある様子。

魔の森に挑む殿下もお父様も護衛騎士達も冒険者風コーデである。

良いね。壮観。イケメンだらけ。

お弁当もキャンプセットもお父様の亜空間収納に入ってる。

妖精も私の肩に乗ってる。

エルフのアシェルさんはお母様と弟を守って貰う為に、また留守番させて申し訳無い。

冒険の朝は胃にダメージを与えないように軽めのハムチーズサンドイッチとフルーツだった。

料理長達ありがとう、美味しかったよ。

馬と馬車で魔の森まで行くのだけど、私はお父様の馬の前に乗せて貰って二人乗り。

「走っている時は喋るなよ、舌を噛むから」

と、お父様に注意を受けた。

森に入る手前で馬と馬車番がキャンプしながら我々の帰りを待つ。

魔の森の緑は濃い。深いほどに鬱蒼《うっそう》としている。

浅い部分はまだ陽射しも入る所で、薬草狩りの新米冒険者がいる。

おー、ファンタジーっぽい。

妖精のリナルドが『あれ、薬草だよ～』と教えてくれるので私も少し摘んでみた。

「わー、冒険者っぽい」

プチプチと摘んで袋に入れる。

「草なんか採ってどうするのだ？」

殿下が横槍入れて来る。

「ポーションの材料になる薬草なんです」

「そんな事がわかるのか？」

「肩に乗ってる可愛い妖精が教えてくれてるので」

「そのリスみたいなのがか」

そうです、名はリナルドです、と紹介して殿下が飽きる前に移動する事にした。

ちょっと行った所でゴブリンが現れた！

冒険の序盤でよく見るやつ！

巣を作って増えると厄介なので即討伐。

『切り裂く者よ!! 『エアースラッシュ』』

カマイタチのような術で殿下がゴブリンを倒した。

基本的には雑魚なんでお父様も騎士達も危なげなく即殺。

「流石です、殿下」

殿下の側近が殿下を褒めている。……接待ゴルフのようだ。

私も何か言うべきか、カメラ宝珠を構えて撮影してて私は思った。

ま、いっか。大物を倒したら褒めてあげよう。

ふと上空を大きな影が掠めた。と、思ったら、
ドシュッ！

お父様が投擲した槍が赤い大きな鳥型の魔物の首を貫通した。

槍はお父様の手元に勝手に戻って来た。

魔槍だ！　かっこいい！

てか、急に即殺するから撮影しそこなったんですけど！

まあ、しかし、安全第一。速攻は大事。殺られる前に殺る。

「この鳥は美味いぞ」

事もなげにお父様が言う。

「わーい！　焼き鳥が出来ますね！　あ、羽根も布団の素材に出来るのでは？」

「そうだな」

お父様は獲物の鳥を収納しつつ笑顔で言った。

「次は私が狩るぞ！」

『向こうにも魔物がいるよ』

張り切る殿下に妖精のリナルドが魔物情報を教えてあげた。

さっきとは違う猿っぽい魔物を殿下がまた風魔法で狩ったのだけど、美しい羽根も無い……と、がっくり来ていた。

「殿下、大きくはありませんが、赤い魔石が取れましたよ！」

魔物から魔石を取り出した殿下の側近がフォローしている。

殿下も腰から剣を下げているが、汚れ仕事は側近がしてくれるらしい。

「あまり美しい石では無いな……」

殿下的に赤黒い小さな魔石は気にいらないみたい。

「ギルバート様、この魔物の赤い羽根、綺麗ですよ。分けて差し上げますから、元気出してください」

と、私も励ましてみたのだけど、殿下は憮然とした顔で言った。

「贈るつもりが貰ってどうする」

え？　もしかして、私に獲物をあげたかったの？

あら、お可愛いらしい事……。

ちょっと微笑ましい気分になっていると、いつに間にか前方に、不思議な光景が広がっていた。

木立の間を空飛ぶ細身の魚の群れが泳いでいる。鱗は銀色に輝いている。

「森魚の群れだ、川が近くにある」

お父様がそう教えてくださった。

「綺麗なだけで害は有りません」

殿下の赤茶髪の側近が危険は無いと補足してくれた。

「わあ、綺麗、幻想的……」

しばし、見惚れる。

「これは魔物なのか？」

殿下が問うた。

『森の精霊の類いだよ』

リナルドがそう言うから殿下にもそう伝えた。

「なんだ、精霊の類いか……」

「あ、カメラ、違う、宝珠！」

宝珠を取り出してこの幻想的な風景を撮ろうとすると、それを貸してみろ、と、殿下が言うので渋々渡した。

「ほら、父君と並べ、魚を背景に映るよう、そこに立て」

おっと、私とお父様を撮ってくれるのか、よし、許す。

殿下が宝珠を握って私達を見た。

あれ、綺麗な青い瞳でじっと見られるのちょっと照れる。

いや、これは森魚とお父様を撮ってると考えるのだ、平常心だ。

「殿下、撮れました？」

「ああ、ちゃんと見たから撮れてるはずだ。確認はライリーの城に戻ってからな」

「川を見たいです。夏だし」

「向こうに川があるはずだ」

私のリクエストにお父様のお許しが出た。

すると、私の見たかった光景が、広がっているではないか。

苔――――っ!!

美しい緑の苔――――っ!!

岩に貼り付いてる苔が豊かで瑞々しい。

「苔！　こんなに綺麗な苔がいっぱい！」

厚みもしっかりある素敵な苔！

「何故苔でそんなに喜んでいるんだ？」

殿下が不思議そうに問う。

「何故⁉　綺麗で可愛いでしょう⁉」

「か、可愛い……？　まあ、綺麗と言えなくも無いな、緑色が目に優しい」

一〇歳くらいの子供には理解出来ないか、この風情や佇まいは。

「苔大好きなので、これ貰っていっても良いでしょうか？」

誰ともなしに聞いてみた。

『水場の近くで、また生えるから大丈夫だよ』

と、妖精のお墨付きを貰った。

「リナルドが大丈夫だって言うので貰って行きますね！　お父様、収納に箱か鉢入ってませんか？」

「あるぞ」
箱を出して貰って苔を敷き詰めた。
わー!! 綺麗。私は満面の笑みになる。
「セレスティアナは変わった物を好むな」
殿下はまた私を変な女だと思ったに違いない。まあ、いいけど。
川辺に来た。
開けた場所で陽光も入る、周囲の木々の緑も苔も美しい。
川の水も澄んでいて綺麗な所でとても魔の森の中とは思えない。
クレソンのような植物も生えている。
『この植物はクレミンと言って、良い香りがして美味しい草だよ』
私の肩からヒュッとリナルドが岩場に飛び移り、指差して言った。
リナルドが教えてくれたクレソンっぽいクレミンという名の草を収穫。
瑞々しくて美味しそう。
「あ、川に魚がいるぞ」
殿下が水と風の魔力を漲らせた。
バシャーン!
水と風がキラキラ光る魚を数匹巻き上げてこちらへ運んだ。……七匹いた。
チート漁だ。竿も網もいらないじゃん。

「凄腕漁師になれる」

思わずこぼした私の一言に、「なる予定は無い」という殿下のお返事。

「ですよね！　漁師が泣いてしまいます、こんな簡単に獲られては」

「魔魚くらいだろ、こんな捕り方が許されるのは」

……確かに。チート過ぎるものね。

「それにしても、虹色の鱗の魚と銀色の鱗の魚！　どちらもとても綺麗ですね！」

殿下に流石です！　傷も無いです！　と、褒めると、

「まあな」

殿下はドヤ顔で胸を張った。

そして、

『同じ種類の魚だけど、魚の雄と雌でこの時期は色が違う、ラッキーだね』

と言ったリナルドの言葉を殿下に伝えた。

「この時期は色が違う？」

『雄に婚姻色が出ているんだよ、虹色になってるだろう』

森の生き物に詳しい妖精が説明してくれる。

「その虹色は婚姻色らしいです、ラッキーだとか。本当に綺麗な虹色」

「その美しい魚の鱗を其方に贈ろう」

「え？　私に下さるの？」

気前が良いな。殿下はお気に入りの相手に重課金するタイプ？

私相手に金貨とか出すし。大丈夫？　私などに注ぎ込んで。

「この魔物の鱗は素材として人気があるぞ、鱗が綺麗だから装飾品に使われる、魔物だから湧いても増えるし」

お父様が教えてくれる。

いっぱい狩ってもゲームの敵みたいに勝手にポップするって事？

求愛の季節に狩ってしまってちょっと申し訳ない気もするけど……

「白身の魚で美味しいですよ」

殿下の側近が味までも教えてくれた。

「ありがとうございます、ありがたくいただきます」

私はお礼を言った。くれる物は貰っておこう。

「美味しいならもっと狩っておくか」

「殿下、魔力は温存しましょう、ここは私にお任せを」

お父様がそう言うと、「そうか？　じゃあ任せよう」と許可を得たので、お父様が川に近寄る。

ドン!!

さっき投擲した槍の、持ち手の方で水底の石を叩くと水飛沫が派手に上がり、虹が出来た。

わあ、綺麗っ……て、一瞬見惚れてたら衝撃で周囲の魔魚が気絶したのか浮いて来た。

槍はすぐさまお父様の手元に戻る。

ザッと三〇匹は魔魚が浮いてる！

「あ！　急いで回収しないと水流で流される！」

私は靴を投げるように脱いでスカートを慌ててたくし上げて川に飛び込んで魚を回収！

「ティア！　何してるんだ！」

お父様が叫ぶ。男性陣もこっちを見て驚いてる。

「見ての通りお魚の回収ですよ！」

そう言って左手でスカートを押さえ、もう片手の右手で魚を掴んで岸の方に投げるを繰り返す私！

鮭をバシッと川で弾くクマのごとく！

「ス！　スカートッ！」

殿下が真っ赤になって叫んだ。たくし上げが気になるのか。

「大丈夫！　下に短パン穿いてます！」

ペラっと更にスカートを高く捲り、短パンを見せる。

「うわあああああぁっ!!」

殿下とお父様のダブルの悲鳴。

短パンを穿いてると言いながらうっかり穿き忘れるような真似はしてないのに大袈裟ね。

「びっくりするだろう！」

お父様と殿下の声がさっきからハモってる。仲が良いわね！

「それより回収手伝って！」

「私が！」

同行してた騎士のレザークがそう言うと風魔法でお魚を回収した。

出来るなら早くやって。

——ふう、でも楽しかった！　お魚掴み取り。

あ、でも通常の……というか、前世の世界の川ではガチンコ漁というか、お父様は槍を使ったけど、原理がほぼ同じ、石と石をぶつけて衝撃で気絶させ魚を捕る漁法等は確か生態系を守る為にほぼ禁止されていて、こちらのような魔物の数減らしが必要な所以外ではよろしく無いのである。

が、ここは魔の森の川なのでセーフ。

魔物はその存在が増えるだけで魔素が濃くなり、余計強い魔物が産まれやすくなる性質らしく、水の中にいれば害や脅威は無いというものでも無いらしい。

「この魚達はお昼の食材にしましょうか？」

私はとりあえず殿下に聞いてみた。

「分かった！　それでいい！」

殿下は明後日の方向を向いたままだけど了承したので、お父様にタオルの代わりの布を亜空間収納から出して貰う。

足が濡れて水が滴ったままなので。

「全く、もう少し慎みを持ちなさい」

小言を言いつつも私の前に膝をつくお父様だったが、濡れないようにスカートを掴んでる私の足を拭いてくれる。

魔の森なのでメイドは置いて来たんだった。

メイドがいたら更に強く怒られていただろう。

セーフ。……いや、これはセーフか？

私はお父様に小声で頼んでみた。

「お母様には内緒にしておいて下さい……」

「全くしょうがないな」

お父様は呆れ顔だが、妻の精神安定を優先する事にしたようだ。

そうだ、それが良い。

レザークが私が放り投げてた靴を持って来てくれた。

ごめんね、ありがとう。

魔法の水と蝶

虹色と銀色のお魚の名はクラルーテというらしい。

白身魚だと聞いたので……うーん、餡かけでも作ろうか。

火は通すべきだよね。

お昼のお魚レシピを考えてると、妖精のリナルドが近くに美味しくて食べられるキノコがあるというので、採りに行った。

見た目は前世で見たタマゴタケに似てる。傘の部分が赤くて可愛い。

軸の部分、根本が卵の殻を突き破って生えてるみたいな外見。

鮮やかなキノコだけど、本当に毒は無いわね？　とリナルドに聞いた。やはり毒は無いと言われた。

更に味見、いえ毒見。

毒見は騎士のレザークがかってでた。

……どうやら無毒。

殿下がいるのでキノコの安全性は目の前で証明しなければならない。

開けた川の近くでお食事にする。

敷き布の用意などをする。

お料理セットや調味料を亜空間収納からお父様に出して貰って、石を組んで簡易かまども用意。

採取したキノコとにんじん、玉ねぎを加えて白身魚クラルーテの餡かけを作った。

「甘さと程よい酸味……美味しい……これも初めて食べる味だ」

殿下の食レポを聞くにお口に合ったようだ。

お連れの騎士達も治癒魔法師さんも気に入ったみたい。

「まさか辺境伯令嬢、自ら手料理を振る舞って下さるとは」

殿下の騎士達がずいぶんと感激して下さっている。

うちの騎士達にはもはやよくある事だと思う、私が手料理を振る舞うのは。

でも料理人が覚えてくれたレシピの料理はだいぶ再現してくれるから楽させて貰ってる。

もちろん魚だけだと足らないだろうから作り置きとはいえ、亜空間収納でほかほか出来立て同然の塩むすびとバゲットも出した。

炭水化物のパンとおむすびは好きな方をどうぞ方式であったが、皆両方食べていたし、両方美味しいと言われた。

デザートの果物は葡萄。そして焼きマシュマロとビスケットを出した。

焼きマシュマロとビスケット。

火があると作りたくなるやつ。

殿下も串に刺したマシュマロを火で炙って楽しげで何より。

記録の宝珠にも殿下のキャンプを楽しむ姿を記録。

カメラ機能付き宝珠は私が手を離せない時はお父様やうちの騎士も撮影に協力してくれていた。

マシュマロは焼いた後にビスケットにのせて食べる。

マシュマロは苦手な方も多いのでちょっと心配だったけど好評でよかった。

もっともマシュマロと言ってはいるけどバニラエッセンスの代わりにオレンジやいちごのフルーツペースト使っているので実はギモーブと言った方が良いのかもしれない。

ゼラチンを使うのは変わらない。

今回のキャンプ料理も全て、お父様は「美味しいよ」と、いつものイケボで言ってくれた。

うふふ。

カメラ宝珠を握って、「すみません、今の台詞と笑顔、もう一度」などと、リクエストしていた。

ほら、お母様も後から見るので。ね？

＊＊＊

収穫も有ったし、あと少し散策したら今日の所は一旦帰ろうという事になった。

森の比較的浅い場所から森の奥をチラリと覗き見たけど確かに魔の森らしく、暗く鬱蒼として、怖い気配を感じる。まあ、奥と言っても現在地から見えるのは中程の所か。

後日また森に来るのだろうか。今度はもっと奥に。殿下の気分次第かな。

森の中を歩いていたら、呻き声が聞こえた。

先行で騎士が走って様子を見てきた。

「蜂の魔物の毒針にやられた冒険者が四人いました。なお、蜂の姿はもうありません。刺した後はどこかに飛んで行ったようです」

蜂の毒針！

心配だったので、私達は様子を見に行った。

草むらの中に、まだ若い男性冒険者が四人蹲《うずくま》っていたのを見つけた。

「おい、大丈夫か？　毒消し草は持ってなかったのか？」

ギルバート殿下が苦しむ冒険者達に声をかけた。

「の、飲んだけど……効きが悪い……みたいで……」

安物だったのか、毒が想像以上に強かったのか。

なんにせよ彼等は運が悪かったようだ。

冒険者達の息は荒く、体は震え、顔色は生気のない土気色だし、唇は紫色だった。

「私の光魔法でどうにかできるかやってみます」

毒なら解毒よね。

解毒をイメージして、やってみよう。

『癒やしの力よ……』

私の手の平から、白金の光がふわっと広がり、冒険者達の体を包み込んだ。

光が消えた頃には、冒険者達の顔色も普通に戻った。

「あ、痛みも消えた！　ありがとうございました！　貴女は天使ですか⁉」

「た、ただの人間です」

涙ながらにそんな事を言われ、冒険者の一人が私の手を取り、感極まって手の甲にキスでもする勢いだった。

「ちょっと待て‼」

慌てて冒険者の手をガシっと掴むギルバート殿下。

「え⁉」

「気安く触るんじゃない」

「あ、すみません、つい、感激のあまり」

冒険者は私の手を離した。

殿下はヤキモチでも焼いたのだろうか？　不機嫌そうな顔をしている。

気まずい空気を変える為に私は口を開いた。

「ところで貴方達、自分の足で歩いて帰れそうですか？」

「はい！　このお礼はいつかもっと強くなって稼げるようになったら必ず！」

「気にしないで。私も自分の力で人助けが出来て良かったと思ってるの」

これは本心だ。癒しの魔法って素晴らしい。

異世界に転生した甲斐があったというもの。

もちろん推しのお父様との出会いも言うまでもなく、最高なんだけど。

後はもっと領地が豊かになれば……。

「やはり天使……」

「あ、あの、お嬢さんのお名前を教えてくださいませんか？」

「名前は秘密！　私へのお礼は気にしないで。あなた達が今後困っている人を見つけたら助けてあげて。それだけでいいの」

「わ、分かりました」

流石に何か事情があるんだなと、冒険者達も察してくれた。

そして四人の冒険者は無事に回復したようなので、その場でさよならした。

冒険者達とお別れして、散策途中、近くに野苺と綺麗な花があるよ、と、リナルドに言われて少し進むと野苺を発見。

そこそこ摘む。やったー！　野苺美味しそう〜！

さらに奥へ進むと野薔薇っぽい花発見！

リナルドが言ってたのはこの花の事らしい。

よく見ようと思って近寄ると右方向、目視可能な距離に木に寄りかかるようにして亡くなっている、白骨化した遺体を発見した。

思わず息をのんだ。

服や装備はぼろぼろだけど、首からは金属製のネームタグのようなものがぶら下がってるのが見える。

ここで亡くなった冒険者のようだ。

「遺品としてギルドにあのタグだけでも持って帰ってあげた方が良いでしょうか？」

私がお父様にそう聞くと、

「魔の森とはいえあまり深く無い所で亡くなってるのに誰も遺品の回収してないなら捜索に出されていない、身寄りも仲間もいないソロ冒険者だったのだろう。非業の死を遂げた遺体にはあまり触らない方がいい、よくないものが憑いて来る事がある」

そう言われて、死の間際の邪竜に呪われ、死にかけた過去がある私は、せめてもと、思った事を願い出た。

「じゃあ、せめて、お花やお水を手向けるくらいなら良いでしょうか？」

お父様にそれくらいならと、頷いて許可を貰えたので私は土魔法でスープを入れるお椀のような器を作った。

お花は妖精のリナルドが綺麗だと言っていた野薔薇に似た白い花を摘んで供えた。

本当は野苺も供えようと思ったけど魔物か動物が荒らしに来ると言われたので、水と花だけにした。

私が器を持って、「お父様、水筒のお水を」と、言いかけたら、「俺が」と、殿下が言って、器に魔法で水を注いで下さった。

魔法で作られた水は煌めいて透明で美しかった。思わず見惚れるほどに……。

厳かな聖者の奇跡のようにも見える。

「……殿下自ら下さったお水で……光栄な事でしょう」

私はそう言ってお花とお水を、遺体の側にお供えした。

何となく綺麗だろうと思って、器のお水の中にお花を一つ入れたら、ふわりとどこからともなく、黒と緑と青のグラデーションの羽根を持つ綺麗な蝶が飛んで来た。

……昔どこかで蝶は亡くなった人の魂を運んで来ると聞いた事がある。

もし、そうだったのなら、お花とお水……喜んでくれたかな……。

殿下のもしもの時の治癒の為に同行していたのは神官さんだったようで、お祈りの言葉を唱えてくれた。

私達は神官さんのお祈りの言葉を聞きながら胸の前で両手の指を絡め、亡くなった冒険者の冥福を祈った。

——今度は帰還する為に風が渡る森を注意深く進む。

お祈り効果か魔の森とも思えない程に光が差す道を行き、森を抜けた。

エピローグ　願い

何事もなく無事に魔の森より、ライリーの城に帰城。

私は裏庭に寄り道して、ポーションにより、ありえない速度で成長した、松の木の針のような葉を沢山摘む。

それを持って厨房に寄って、ある仕込みをする。

それからお風呂に入って一息つく。

夕食、晩餐会は殿下にいただいた支度金で買ったエビを使って、エビフライを作った。

ソースはケチャップとタルタルの二種類。

「なんだこれ、美味すぎる……」

エビフライ初体験の殿下が驚いてる。

「外はサクっとしていて、中はプリっとした食感が良いな」

お父様も食レポを下さった。

お母様も目が輝いているから、気に入ったみたい。

私もエビフライ大好き！

毒見役の殿下のお付きの人も他の騎士達も「とても美味しいです！」と、言った後は黙々と食べている。

まるで誰にも奪われてなるものか、という気迫まで感じる。

反応が蟹食べてる人みたい。エビだけど。

今日は『魔の森お疲れ様の晩餐会』なので騎士達も同席を許されていた。

お父様の狩ってくれた魔獣の鳥も、照り焼きピザになって出てる。

こちらも美味しい。

羽根もちゃんと取って残してある。亜空間収納に。

いずれお布団になる。無駄にはしない。

『明日は朝から畑に行こう、セレスティアナ』

私が葡萄を摘んで妖精のリナルドにあげたらそんな提案をされた。

「畑って城の裏の？」

『違うよ、城の外の農民が作ってる畑』

「もう夏野菜の収穫も終わって、寂しい感じになってると思うわ。それに瘴気の影響で毎回豊作にはなってないから、元から寂しい感じらしいわよ？」

私は「寂しい感じ」を強調したんだけど……

『良いんだよ』

リナルドはキッパリと言った。

もしかして私が植物系の精霊の加護を賜《たまわ》ったから、何か魔法を試したいのかな？

そう思ったので、聞いてみた。

「それで良いなら私は構わないわ、お父様、お外に出かけますけど、構いませんか？」

「セレスティアナ嬢が行くなら、私も同行しよう」

お父様より先に殿下が答えた。

「殿下がそうおっしゃるなら、私も異存はありません。森より危険は無いでしょうが、同行致します」

お父様も一緒に来られるようだ。まあ殿下の護衛として最上級の実力者だものね。

「殿下、ただの畑行きで、つまらないかもしれませんよ」

私は一応釘を刺す。

「別に構わない」

……暇なのか。

「其方と一緒なら退屈はしない」

殿下……私の事好きすぎるのでは？　……照れるわ。

そんな訳で明日は妖精とライリーの収穫後のガッカリ畑ツアーです。

正気か？

『蜂蜜レモンとか飲みなよ』
妖精の謎リクエストに答えて、蜂蜜レモンを料理長に作って貰って飲んだ。
葡萄ジュースもあるのだけど、まあ良いか。
お母様が作った氷も入れてくれて美味しいし。
小さい弟は殿下のいる食事の場で泣きだすといけないので、乳母と一緒にいる。
寝る前には顔を見に行こう。
祭壇には魔の森の戦利品、美しい苔も鉢に入れて苔盆栽のようにお供えしよう。
苔盆栽にはスミレの花とか咲かせると余計可愛いのだけど、今回は苔の緑だけ。
大地の女神様あたりになら、苔でも喜んでいただけるかもしれない。
寝る前にお母様の寝室に弟の顔を見に行った。可愛い顔。すやすや寝てる。
起こさないようにそっと出る。
寝る前に祭壇に美しい苔をお供えをして、いつものようにお祈り。
早くライリーの地から瘴気が消え去りますように。

エリクサーとジークとエルフ

女神の洞窟まで王都の竜騎士から借りたワイバーンで急いだ。
同行者はSランク冒険者のエルフであり親友のアシェル。
俺はライリーの領主になる前は冒険者だった。
彼はその時からの仲間であり、友だ。
なんとしてもティアの体力が尽きる前に戻らねばならない。
女神の洞窟はかなりの高山にあった。雪も残っている。
かなり寒い。
ワイバーンでなければ徒歩で雪の残る高山を登る事になっていた。
ゾッとする。
そしてここは空気が薄いようだ。
頭痛がする。でも、そんなことに構ってられない。
Sランクの難易度とされる女神の洞窟に足を踏み入れた。
饐《す》えたような匂いのする場所だ。
アシェルの出した丸い魔法の灯りを松明《たいまつ》の代わりにして進む事にした。
この洞窟にはいくつもの道があった。
まるで蟻の巣のように入り組んでいるようだ。
急いでいるのにウンザリするが、こんな入り口で挫けてられない。
「道が多いな……ジーク、どの道を行く？」

「正解は分からないが、壁に目印はつけておこう」

「分かった、この実は発光する汁がつくから、これを岸壁に押しつぶして……と」

アシェルは取り出した植物の実の汁で矢印を描いた。

一番右端の道を進むと、部屋があった。

宝箱を取り囲む五人の冒険者パーティーがいた。

鍵のかかった宝箱をどうやって開けるか思案中のようだ。

俺は先を急いでいたが、若い冒険者達が気になり、亜空間収納から取り出した鑑定鏡をかけて、遠目から宝箱を見た。

鑑定結果は……罠だった。

俺は鑑定鏡を外してまた亜空間収納に戻した。

亜空間収納のスキルは以前、スキルオーブを入手した時に手に入れた力だ。

「おい、そこの君達！　その宝箱は魔物が入ってる！　罠だぞ！」

「え、そうなんですか⁉　ありがとうございます！」

「いや、待てよ、なんで触れてもないのにそんな事が分かるんだよ。もしかしてあの男、後で自分の物にする為に」

「え～その考えは失礼じゃない？　わざわざ教えてくれたのに」

「お前はいいかげん、もう少し疑う事を知れよ」

冒険者達は俺の言葉に疑いを持ったが、仕方ない。

一応忠告はしたからな。

「先を急ごう」

俺はアシェルを促してその場を去った。

罠宝箱の部屋から出て奥へと進む。

すると道の奥から二体のサイクロプスが現れた。

かなり強い魔物だが、俺とアシェルの敵では無かった。

サイクロプスが斧を振り上げる前、瞬時に間合いを詰め、急所の心臓に魔槍の一撃をくらわしてやった。

アシェルの方も弓使いの剛弓がサイクロプスの首を飛ばした。

迅速に、殺られる前に殺る。

金になる魔石を迅速に取り出して亜空間に収納すると、不意に洞窟の奥からゴロゴロと不吉な音がした。

どす黒い巨大な岩石が転がって来た！

押しつぶされる訳にはいかないので、俺とアシェルは回避出来る曲がり角まで猛然と走った。

曲がり角に行った前で急に足元が崩れそうな予感がして二人して前方に大きくジャンプした。

なんと急に床が抜け落ちたのだ。危なかった。

神回避で生き延びた。並の冒険者なら穴に落ちてる。

「初見殺しのえげつない罠がいくつもあるようだな」

抜け落ちた床下には骸骨がいくつも入っている。

「ああ、確かにここは危険なダンジョンだ」

さらに奥に進むとチャプチャプと水音がした。

水音の方に進むと霧が出てきた。

開けた場所に出たらなんと透明で綺麗な水をたたえた泉がある。

さらにその泉で美しい女が水浴びをしていた。

「「!!」」

「あら、素敵なお兄さん達、一緒に遊んで行きませんか？」

女は裸を見られても恥ずかしくないようで、堂々としている。

それどころか妖艶な笑みを浮かべ、誘って来る。

だが……

「俺の妻の方が綺麗だし、娘の方が可愛いから遠慮する!!」

俺がズバリとそんな事を言うと、女の姿が豹変した。

一転して悪魔のような形相になった。

「この生意気な人間が!!」

女の長い水色の髪の毛がさらに触手のように伸びて来た。

『ファイアー・アロー!!』

俺は霧を吹き飛ばす勢いで魔法の矢を放った。

魔炎の矢は鼓膜を揺るがす程の音を立て、正確に女の胸に命中し、その体は弾けるように消えた。

アシェルの風魔法も援護してくれたので女の体から千切れてなお襲い来る髪の毛も全部燃やせた。

「やはり魔物だったか、怪しいと思ったんだ」

「突然ジークがらしくなく無礼な事を言うから、私もおかしいなとは思ったが、やはり冒険者を誘惑して殺す類いの敵だったようだな」

周囲に広がっていた霧が消えた。

「おい、アシェル、美しい泉だと思ったら、急に紫色の怪しい沼になったぞ」

「あー、間違えてこの水を飲んだ冒険者は死んだだろうな」

さらにさっきまで見えなかった髑髏や骨などが沼の周辺にいくつもあった。

「妻と娘が美しすぎるので生半可な誘惑が効かない体で助かった」

「私も美形なら故郷のエルフの村で沢山見てきたからなあ」

俺達は毒のような紫色の沼のある場所から離脱した。

しばらくしてまた部屋のような空間を見つけ、先程魔力も使ったし、そこで少し休憩することにした。

ティアの為に急いではいるが、目的地がよく分からないまま、休みなく動いても無駄に体力を消耗する。

疲労が溜まっている時に強敵に遭遇したら、非常に不味い。命にかかわる。

俺達が死ねばティアにエリクサーを届ける人間がいなくなる。

俺達は特殊スキルの亜空間収納から出した体力回復のポーションを飲んで、パンを食べ、干し肉を齧った。

気が急いているせいか、味なんて分からなかった。

ひとまず動けるくらいに栄養が摂れたらそれでいい。

ティアは今食事もろくに出来ないまま苦しんでいるんだ。

休憩を終えて洞窟内の暗い道を進むと急に壁が光ってる場所に来た。

なんと魔石が岸壁にくっついていた。

すわ、お宝ゾーンだと、亜空間収納から取り出したツルハシを手に二人で目ぼしい石を取っていった。

全部は時間的に無理なので大きいのを。

もしエリクサーがダメだったら金目の物を金に変えて高名な大神官か賢者にでも依頼するしかないから、取れるものは取っていく。

しかしこのダンジョンは足元を見ると、そこかしこに冒険者の成れの果ての骨が見つかる。

俺達は四日ほどダンジョン内で彷徨い、敵と遭遇する度に撃破し、休憩し、また戦ってを繰り返して時を過ごした。

太陽の光の届かぬじめじめした暗がりの中で精神がささくれていく度に、愛おしい妻と娘の顔を思い浮かべて自分を鼓舞《こぶ》した。

五日目に現れた敵は大トカゲの魔獣の群れだった。幅はわりと狭い通路なのに道を塞ぐかのように一五匹以上いる。

硬い鱗に覆われた魔獣だった。

「これは面倒だな！」

「よし、ジーク上だ！　奴らを踏んで行こう！」

アシェルは散歩に行こうとでもいう気軽さでそう言うと、大トカゲの頭に飛び乗りつつ、ぴょんぴょんと軽快かつ、強気に奥へと進んで行った。

俺も大トカゲに噛まれないように、その頭を足蹴にしつつ、後を追った。

横幅は狭くとも天井がだいぶ高い場所で良かった。

大トカゲゾーンを抜けたら、人工的に装飾された神殿の入り口のような場所に来た。

石の扉が固く閉じてあって、門番のように両端に松明を持つ天使の石像がある。三日月のイヤリングをしている。

その石像の松明に急に火が灯った。

『問おう、汝、この世で最も美しい者は誰か。答えよ』

天使の像から声が響いた。

まさかの……ここで謎解きか⁉

「これは……俺の主観でいいのか？　世間一般的な質問かな？」

俺は困ってアシェルの方を見たが彼も首を傾げる。

かなりのバクチだ。

この像は月のイヤリングをしている。

ならやはり月の女神に仕える天使か？

光の女神の洞窟というくらいだし、光に属する女神である美の女神か月の女神を称えるべきか？

でもこの世で最も美しいというのも引っかかる。

女神が天上におわすなら、この地上でという範囲で言うならば……。

俺にとってはやはり妻か娘だ。

いずれ美しさで娘は妻を超えることもあるかもしれないが、今のところは世界一美しいのは妻で、世界一かわいいのはティアだ。

「ジークが答えていい」

アシェルはかつて周りに美形が多すぎたせいか分からないようだ。

よし、俺は心を決めた！　迷ってる時間も惜しい！

「この世で一番美しいのは……シルヴィア、私の妻です！」

アシェルはコイツ、言いおった！　みたいな顔をしていたが、

『正直な男だ、許そう』

『よし、通れ』

両サイドの天使から許しが出ると、重そうな石の扉がゴゴゴと音を響かせ、開いた！

「許された!!」

「開いたな！　凄いぞジーク‼　嫁馬鹿も極まると強い！」

「それは褒めているのか⁉」

「もちろん褒めているとも！　見ろ！　祭壇に宝箱だ！」

確かに三日月の首飾りとイヤリングをした女神像の手前の祭壇に宝箱があった！

どうやら月の女神の像のようだ。

ここは光の女神の洞窟と言われていたが、光属性の……月の女神の洞窟だったのか。

亜空間収納から鑑定鏡を取り出し、宝箱を鑑定。

罠では無いと出ている。

箱を開けたら薬瓶が一つ入っていた。

「エリクサー‼」

かくして俺は念願のエリクサーを手に入れ、爆速で出口に向かった。

ダンジョンを出たら、罠だと教えてやったのにどうやら俺達が去った後に箱を無理矢理開けたらしい冒険者達が怪我をしていた。

致命傷でなかっただけマシだが、彼等は油分を除去していない羊毛で作られた雨合羽《あまがっぱ》、シャップ・ア・エグを着て、震えていた。

彼等は傷に効く薬も体力回復用ポーションも手持ちが尽きていたらしい。

蒼白な顔で息も苦しそうだった。

俺はエリクサーは無理だが、手持ちのポーションと包帯と傷薬をいくつか分けてやった。

「すみません、あなたの忠告を素直に聞いていれば……」

リーダーらしき戦士の男は涙目でそう言った。

冒険者という者は多くが富を求めて戦っている。

目の前に宝物があれば開けたくもなるだろう。

「もういい、俺達は先を急ぐ。じゃあな」

俺達は冒険者達に別れを告げ、ワイバーンを呼ぶ笛を吹いた。

近くで休んでいたワイバーンが飛んで来て、俺達は急いでライリーに戻る為、また大空を駆けた。

既に夜は開けて、五日目の朝になっていた。

青空の中で俺は叫んだ。

向かい合って言うのが照れ臭いから彼の方は見ていない。

「アシェル！　過酷なダンジョンに、嫌な顔一つせずに付き合ってくれてありがとうな！」

「気にするな！　お前と一緒だと退屈しないからな！」

俺は泣きそうになるのを堪えてひたすら前を向いている。

待ってろよ！　ティア!!　今帰るからな!!

天使の祝福と長命の種

夏の始まりの頃。

私は八歳になっていた。

朝から宿の窓を開けるなり、喧騒が聞こえた。

王都の朝は実に賑やかだった。

仕事場に向かう馬車が行き交い、走る音。

荷車を引く、物売りの声。

新聞屋の少年、靴磨きの少年、煙突掃除の少年の、「いかがですか〜!?」という、営業の声。

とにかく活気に溢れていて、嫌いじゃない。

今日、私は珍しく王都にいる。

なんと宿屋に一泊し、朝を迎えた。

異世界の宿屋でお泊りをしてみたかったのに加え、お母様が知り合いの貴族から「天使の祝福」という演目の演劇のチケットをいただいたけど、書類仕事で忙しいからと、私に回って来たのだ。

それでお父様からは護衛騎士とアシェルさんを連れて行くなら行ってもいいと言われたので、騎士とアシェルさんの二人、そしてメイド一人を同行者にして、宿に泊まった。

あ、メイドはいつもの私の専属のアリーシャだ。

アシェルさんや男性騎士は男性だから、私と同室は無理なのでメイドに一緒に泊まって貰ったという訳だ。

私は茶髪のアリアに変装したまま一階の食堂に降りた。

王都に入る前から町娘の格好をしてる。

宿の食堂の朝食メニューはそら豆のスープ。

腸詰め肉と卵焼きと硬いパンだった。

シンプルな食事がいかにも異世界飯って気がしてきて、今回は豪華じゃないところが逆にテンションが上がった。

いつものライリーの城ではない、旅先の雰囲気のせいかもしれない。

「お嬢ちゃん、かわいいからこれあげるよ」

そう言われて見知らぬ紳士から渡されたのは小さな皿に入ったさくらんぼだった。

ラッキー!!

護衛騎士がすぐさま毒見と言って一粒食べた。

これは……仕方ない。私の安全の為。

問題ないと言われて、私もさくらんぼを食べた。

美味しい。

新鮮なフルーツはライリーでは貴重だから、私も三粒ほどさくらんぼを食べて、残りはアリーシャにあげた。

フルーツは高級な物が多いから、騎士はともかくメイドの口には入りにくい。

公演までまだ時間があるので、まず市場を見て、少し買い物をして、それから小さめの教会の前を通ったら、結婚式をやっていた。

貴族ではなく、平民のささやかな結婚式だ。

「アシェルさん、亜空間収納にお花ある？」

冒険者のアシェルさんは依頼で色んなとこに行く、お花畑なんかも旅の途中に行ったりするせいか、お花を常備している事が多い。

「あるよ」

「少しお花を貰ってもいい？　祝福の花弁を撒いてあげたいの」

「いいよ」

アシェルさんはにっこり笑って快諾してくれた。

夏にはあまり花は咲かないけれど、アシェルさんの亜空間収納には枯れずに保存された瑞々しさを保った花があった。

編まれた籠に入っていた花を花弁にして、私は花嫁さんの近くまで走って行き、えいっと空に向かって撒いた。

アシェルさんの風魔法のアシストで花弁は新郎新婦を囲むように美しく舞った。

「わあ……っ!!」

思わず新郎新婦と結婚式の招待客やその辺のギャラリーも舞う花弁の演出に見惚れた。

「まあ、あんなに綺麗な天使とエルフが……祝福に来てくれたなんて！」

「素敵!!」

そんな声も聞こえた。

エルフはそのままだけど、私は一応人間ですよ、顔は天使のようにかわいいとは、確かによく言われるけど。

でも、やはり幸せそうな人達の顔を見てると、私もニコニコしちゃう。

そんな時、急に知らないおじさんに声をかけられた。

「君、頼む、お願いだ！　助けてくれ！」

「は？」

困惑する私に向かって、おじさんはなおも必死に頼んできた。

「私はステラ劇団の団長なんだが、今日の「天使の祝福」の公演に出てくれるはずの子役が急に熱を出したんだ、天使の役なので君はピッタリだ！　貴族様も来る公演なので中止にはできないんだよ、頼むよ！　謝礼は勿論払うから！」

謝礼!!　お金かあ。悪くないわね。

しかもステラ劇団の「天使の祝福」なら、今日見に行く予定のやつでしょ？

「えーと、今日だけなら……」

周囲の護衛の、顔を伺いながら、私は言った。

彼等は一瞬頭を抱えたが、折れてくれた。

だって今日見に来た劇のやつだし、台無しになったら来た意味がないんだもの。

「分かった！　明日からは他の子を探す、今日だけでもいい！　よろしく頼むよ、お嬢ちゃん！」

そんな訳で我々は劇場へ向かった。

私は到着するなり、劇場を見上げた。

貴族も来る劇場だから、屋根は高く大きくて立派だ。

壁面には画家が描いた演目の看板も飾ってある。

楽屋までの廊下の壁にも美しいレリーフが掘られていて、なかなか華麗だなと感心した。

楽屋内で私達は飲み物と台本を手渡された。

季節は初夏。

喉も渇いていたので、助かる。

私は台本をめくって、ひととおり読み込み、自分の言う事になる、少ないセリフを覚えた。

急いで天使役のセリフを覚える必要があったけど、セリフ自体は本当に少ないので良かった。

台本を読み終えたところで、衣裳さんらしき人が現れた。

私は茶髪の少女に変装していたので、まず、天使役の蜂蜜色のウィッグを渡された。

これは見事な金髪ですな。

いつもの地毛のプラチナブロンドとも違うので新鮮。

そして白い衣裳とサンダルと、白い羽。天使の翼の作り物。

白い天使の衣装に着替えた。

長い髪も金髪ウイッグ内になんとか仕舞い込む。

作り物の白い羽も背中に装着する。

細く白いリュックの紐のような物がついていて、その白い紐は白い天使の衣装の襟のヒダに隠す感じで、翼を背負う。

しばらくして劇の幕が上がった。

観客席の客の入りは上々。ほぼ満員に近い。

「ステラ」は人気の劇団のようだ。

演劇は進行していく。

護衛騎士とアリーシャは観客席にいる。

アシェルさんは舞台脇の何かあったらすぐさま私を助けに入れる位置にいる。

いよいよ私の出番が来た。

舞台脇から出て行くと、観客が息を呑む気配を感じた。

私は柔らかく微笑み、「汝らに祝福を」と、言って、私の前で跪く夫婦役の女優さんと男優さんの額にそっと指先をあてた。

暗くされた劇場内で、魔法の照明のスポットライトが私に当たっている。

おそらくはキラキラ輝く金髪効果もあって、神々しく見えてるんだろう。

台本通りだ。

その後は二、三個のセリフを言って私の出番はおしまいとなった。

ふと見ると、劇場の観客席にガイ君そっくりの子がいた。

私を凝視して固まってる!!

あ、ヤバイかも！

彼の側にいるのもいつもの護衛の人達じゃん！

ガイ君確定！

あの子って私の事が……どう見ても好きなのよね。

あの子はとてもかわいいけれど、私には二〇代女性だった前世の記憶がまだ色濃く残ってる。

ある程度今の少女の肉体に心が引きずられる事もある気もするけれど……。

少年の心をいつまでも惑わすのは流石に気がひける。

せめて私達の出会いがあなたが二〇歳くらいの時であったなら……。

いえ、そんなありえない事を考えても仕方ない。

逃げるばかりで心を返せないのも辛いものだ。

あの子の青春時代の、宝石のように輝かしい宝物のような感情は、他の誰かが受け取るべき。

もっと相応しい同年代の子……が。

今の肉体年齢ならあっちが少し上なんだけどねぇ。

心とはなかなか、ままならぬもの。

舞台脇に引っ込んで、私の出番はもう終わりましたよね！　っと言って、団長に謝礼金を貰ってから急いで帰る事にした。

私の方は今回、蜂蜜色のウィッグをつけていたから、気がついてないといいけど。

アシェルさんが休憩時間に客席にいるアリーシャと護衛騎士を呼んで、逃げるように帰った。

＊　＊　＊

「まさか、あの少年があそこにいるとはね」

アシェルさんが帰りの馬車の中で私の頭を撫でながら言った。

「あのね……私の好きになる男性の年齢はね、多分二〇歳以上なの」

「お嬢様！　それは年齢が離れ過ぎです！　相手が、夫になる方が早々に死んでしまいます！」

馬車の中でメイドのアリーシャが驚き、声を上げた。

まあ今は私の年齢が八歳だし、そういう反応になるよね。

「私のような長命のエルフからすれば、たいした年の差でも無いけどね。先に逝かれるのは寂しいものだよ」

「それはそうだと思うけど」

「何度も先に逝く人間の友人を見送って来た私からすると、本当に大事なのは、相手の心を尊重して後悔ないようにしてあげる事かなって思うんだけどね。昔、どうせ人間の君はすぐに死ぬから親しくはならないと言ったら、泣かれた事もあるんだ」

……。

「アシェルさん、その相手は女の子なの？　男の子なの？」

「どちらもあるよ」

「さぞかしモテてきたんでしょうね」

「今のは……友達の話だよ」

「えー、本当かなぁ？　まあいいけど」

アシェルさんは少し悲しみが混じったような瞳で、窓越しに遠くを見てる。

彼岸に逝った大切な人達の事を思い出してるのかもしれない。

確かにエルフからすればなんて事もない年齢差かもね。

後悔しないように生きるのは、確かに理想的だし……。

転移陣のある神殿に向かう馬車の中で、私は幼い体ごとぐらぐらと揺られつつ、そんな事を考えた。

あとがき

凪です。初の書籍化です。

世の中が未曾有のウイルス騒ぎの中、皆様のお家時間の一助にでもなればと、不慣れながらも書き始めた初の小説投稿作が本になって感慨深いです。

本作品のシリーズは幼女時代から始まり、大人になるまでを書いており、小説サイトでは完結済みです。

書きかけの未完ではないのでそこだけは安心してください。

初期はかわいい幼女と逞しくかっこいい大人のお父様との縦抱っこなど、かわいいシーンを盛り込んで、愛らしい幼女から美しい少女になった青春時代は他のイケメンも増えております。

基本的に料理、物作り、野遊び、ほのぼの成分多めの癒し系。

たまに戦闘と殺伐も入りますが、多分ちょっとです。

主人公が昔の少年みたいな遊び方をするせいか、孫のいる年齢の男性読者さんもおられます。

最初は乙女ゲームタグがあるから乙女ゲーム好きな女性が一番多いかな？　などと思ってましたが、感想欄を見る感じ、若い女性から、主婦の方、大人の男性、わりと幅広くいる感じでした。

ありがたい話です。

書籍化にあたり、何しろ右も左も分からない新人で、イラストレーターさんに送るイラストの指示書なるものを見ても、へー、こういうものがあるのかと感心するばかりで、この世界の中でこの段階でこういう素材の物はまだ無いとか、必要な情報を伝え忘れてたりして、担当編集S様やイラストレーターののまろ先生には二度手間になったりして申し訳なかったです。完全に舞い上がってました。次回はもう少し上手くやりたいとは思っております。

ののまろ先生には華やかなイラストを描いていただきました。本当にありがとうございました。

特に口絵の紅葉デートのイラストの縦抱っこされてるティアが愛らしくてお気に入りです。昔から自分の創作キャラをどなたかに描いていただきたい欲があって、書籍化でプロのイラストレーターさんに描いていただけて本当に良かったです。

ののまろ先生と、本書で大変親切にお世話になった編集担当のS様には重ねて御礼申しあげます。

返事の遅い編集さんのお話をよそで見聞きすると、我が担当様は返事が早くて素晴らしいなと思っております。

とにかく初の書籍、異世界転生したら辺境伯令嬢だったをお手に取って読んでくださった皆様、ありがとうございました。

また次巻で読者の皆さまにお会い出来ることを願っております。

秋のはずがまだ暑い令和5年、秋の初めの頃。

キャラクターデザイン公開

セレスティアナ・アリアエラ・ライリー

Sex ▶ Famale

Age ▶ 4→8

Hight ▶ 99cm→128cm

Blood type ▶ AB

Job ▶ Daughter

キャラクターデザイン公開

ジークムンド・ライリー

Sex ▸ Male
Age ▸ 25～27
Hight ▸ 192cm
Blood type ▸ AB
Job ▸ Lord of Riley

キャラクターデザイン公開

シルヴィア・フォス・ライリー

Sex ▶ Famale
Age ▶ 22~24
Hight ▶ 168cm
Blood type ▶ A
Job ▶ lord's wife

キャラクターデザイン公開

ギルバート・ケイリールーク・グランジェルド

Sex ▶ Male

Age ▶ 7→11

Hight ▶ 138cm→153cm

Blood type ▶ AB

Job ▶ Prince

Gilbert Gary Luke Grangerd

聖者の星祭りで
二人の距離が
急接近!?
屋台!
お祭り!
お忍び!
ひたむきな幸せインフルエンサーが
愛と癒しをばら撒く、ほっこりバラ色スローライフ!
異世界転生したら
Isekaitensei shitara henkyouhakureijou datta
辺境伯令嬢
～推しと共に生きる辺境生活～
だった
2
凪 Nagi
Illust. ののまろ